EM UM QUARTO ESTRANHO

DAMON GALGUT

EM UM QUARTO ESTRANHO

Tradução de
Julián Fuks

EDITORA RECORD
RIO DE JANEIRO • SÃO PAULO

2013

CIP-BRASIL. CATALOGAÇÃO NA PUBLICAÇÃO
SINDICATO NACIONAL DOS EDITORES DE LIVROS, RJ

G154i

Galgut, Damon, 1963-
Em um quarto estranho / Damon Galgut; tradução de Júlian Fuks. — 1. ed.
— Rio de Janeiro: Record, 2013.

Tradução de: In a Strange Room
ISBN 978-85-01-09730-9

1. Romance sul-africano. I. Fuks, Julián. II. Título.

12-9359   CDD: 828.99363
                                                          CDU: 821.111(680)-3

TÍTULO ORIGINAL:
In a Strange Room

Copyright © Damon Galgut 2010

Publicado originalmente no Reino Unido por Atlantic Books Ltd.

Texto revisado segundo o novo Acordo Ortográfico da Língua Portuguesa.

Todos os direitos reservados. Proibida a reprodução, no todo ou em parte,
através de quaisquer meios. Os direitos morais do autor foram assegurados.

Editoração eletrônica: Ilustrarte Design e Produção Editorial

Direitos exclusivos de publicação em língua portuguesa somente para o Brasil
adquiridos pela
EDITORA RECORD LTDA.
Rua Argentina, 171 — Rio de Janeiro, RJ — 20921-380 — Tel.: 2585-2000,
que se reserva a propriedade literária desta tradução.

Impresso no Brasil

ISBN 978-85-01-09730-9

Seja um leitor preferencial Record.
Cadastre-se e receba informações sobre nossos lançamentos e nossas promoções.
Atendimento e venda direta ao leitor:
mdireto@record.com.br ou (21) 2585-2002.

Ele não tem casa
Vojislav Jakić

UM

O seguidor

Acontece assim. Ele parte à tarde na trilha que lhe foi indicada e logo deixa o povoado para trás. Em cerca de uma hora está entre montanhas baixas cobertas de oliveiras e pedras cinzentas, de onde se pode ver a planície que gradualmente desce para o mar. Sua felicidade é intensa, o que lhe é possível quando está caminhando e sozinho.

À medida que a estrada sobe e desce, há momentos em que ele consegue ver muito à frente e outros em que não consegue ver nada. Mantém-se vigilante quanto à presença de outras pessoas, mas a imensa paisagem parece estar completamente deserta. O único indício de seres humanos é alguma casa ocasional, minúscula e distante, e a estrada em si.

Então, em algum instante, quando chega ao topo de uma colina, ele percebe outra figura a distância. Pode ser homem ou mulher, pode ter qualquer idade, pode estar viajando em qualquer sentido, aproximando-se dele ou se afastando. Ele a observa até que a estrada submerge para fora de sua visão, e quando chega ao topo da ladeira seguinte a figura já é mais clara, e está vindo em sua direção. Agora eles se olham, mas fingem que não.

Quando se emparelham, ambos se detêm. A figura é um homem com idade próxima à dele, vestido inteiramente de preto. Calça e camiseta preta, botas pretas. Até sua mochila é preta. O que o primeiro homem está vestindo eu não sei, eu esqueço.

Eles se cumprimentam com um gesto de cabeça, sorriem.

De onde você vem.

Micenas. Ele aponta por sobre o ombro. E você.

O homem de preto também aponta, vagamente, a imensidão atrás de si. E para onde você vai. Ele tem um sotaque que o primeiro homem não consegue reconhecer, escandinavo talvez, ou alemão.

Para as ruínas.

Achei que as ruínas fossem para lá.

Sim. Não aquelas ruínas, aquelas eu já vi.

Tem outras ruínas.

Tem.

A que distância.

Acho que dez quilômetros. Foi o que me disseram.

Ele assente. Tem um tipo de beleza abatida, com longos cabelos sedosos que caem sobre os ombros. Está sorrindo, embora não haja nada de que sorrir. E de onde você é?

África do Sul. E você.

Sou da Alemanha. Onde você está hospedado em Micenas.

No albergue da juventude.

Tem muita gente.

Sou o único lá. Você vai ficar.

Ele nega com a cabeça, os cachos longos se erguem e flutuam. Pego o trem esta noite. Para Atenas.

Conduziram essa conversa com uma curiosa formalidade, a largura da estrada entre eles, e, no entanto, há algo no modo como se relacionam que não chega a ser íntimo, mas é familiar. Como se tivessem se conhecido em algum lugar antes, muito tempo atrás. Mas não se conheciam.

Curta as ruínas, o alemão sorri. O sul-africano diz que vai curtir. Separam-se com um gesto de cabeça e vão se afastando um do outro na estrada estreita e branca, olhando para trás de quando em quando, até que voltam a ser dois pontos minúsculos e afastados, subindo e descendo com as ondulações do terreno.

Ele chega às ruínas no meio da tarde. Não consigo sequer lembrar agora o que são, as reminiscências de algum edifício grande mas obscuro, havia uma cerca que era preciso escalar, um medo de que cachorros aparecessem mas nenhum apareceu, ele tropeça entre pedras, pilares e saliências, tenta imaginar como era, mas a história resiste à imaginação. Senta-se na beirada de um piso de pedras elevado e contempla sem ver as montanhas à sua volta, agora pensando em coisas que aconteceram no passado. Olhando-o através do tempo, lembro-me dele lembrando, e estou mais presente na cena do que ele estava. Mas a memória tem suas próprias distâncias, em parte ele sou eu por inteiro, em parte ele é um estranho que eu observo.

Quando volta a si, o sol já está baixo no céu, as sombras das montanhas se alongam pela planície. Retorna caminhando no frescor azul. As estrelas acima se deixam semear em canteiros luminosos, a terra é imensa, antiga, negra. Já passou há muito a hora do jantar quando ele chega ao vilarejo e sobe a rua principal, deserta, as lojas e os restaurantes fechados e lacrados, todas as janelas apagadas. Entra pela porta aberta da frente do albergue, sobe a escada, atravessa corredores e quartos cheios de filas e mais filas de beliches desocupados, todos escuros e frios, ninguém de visita nesta época do ano, até o último e mais alto dos quartos, no meio do terraço, um cubo branco fixado a um plano. Está muito cansado agora, faminto, quer dormir.

Dentro do quarto o alemão o espera. Está sentado em uma das camas, as mãos entre os joelhos, sorrindo.

Olá.

Ele entra e fecha a porta atrás de si. O que está fazendo aqui.

Perdi o trem. Tem outro de manhã. Resolvi esperar até lá. Pedi que me pusessem no seu quarto.

Estou vendo.

Você não se importa.

Só estou surpreso, não estava esperando, não, não me importo.

Ele não se importa, mas também está inquieto. Sabe que o outro homem atrasou sua viagem não pelo trem, mas por causa dele, pela conversa que tiveram na estrada.

Ele se senta em sua própria cama. Sorriem de novo um para o outro.

Quanto tempo você vai ficar aqui.

Também vou embora de manhã.

Vai para Atenas.

Não. Para o outro lado. Esparta.

Então já viu Micenas.

Estou aqui há dois dias.

Ah.

Há um silêncio agora em que nenhum dos dois se move.

Talvez eu fique mais um dia. Não estou com pressa. Gosto deste lugar.

O alemão pensa. Também pensei que podia ficar. Não vi Micenas.

Devia ver.

Então você vai ficar.

Vou.

Sim. Então eu também fico. Mais um dia.

É como se houvessem combinado algo mais do que esse simples arranjo prático, mas não fica claro exatamente o quê. Está tarde, faz frio e aquele quarto pequeno parece bruto e feio sob a luz fluorescente. Pouco tempo depois o sul-africano entra em seu saco de dormir. É tímido e, embora normalmente ele se dispa para isso, esta noite não o faz.

Só tira os sapatos, o relógio e seus dois braceletes de cobre, entra e fica deitado de costas. Pode ver as ripas de metal do beliche, e voltam a ele imagens desconexas do dia, as ruínas, a estrada, a forma retorcida das oliveiras.

O alemão também se arruma para ir para a cama. Abre o saco de dormir no beliche em que está sentado. É claro que seu saco de dormir é preto. Desamarra as botas e as tira, deixando-as lado a lado no chão. Talvez ele também costume se despir, mas não o faz esta noite, não há como saber o que faria normalmente. Não usa relógio. Ainda de meias pretas, vai até a porta para apagar a luz, depois volta com suavidade até seu beliche e sobe. Leva alguns instantes para se ajeitar.

O sul-africano diz alguma coisa.

Não ouvi.

Qual é o seu nome.

Reiner. E o seu.

Damon.

Damon. Boa noite.

Boa noite, Reiner.

Boa noite.

Quando acorda no dia seguinte, a outra cama está vazia e ouve-se o barulho da água do chuveiro. Ele se levanta e sai, passando ao terraço. O ar está gelado, brilhante, claro. Cruza até o beiral e se senta no parapeito, com todos os outros telhados do povoado abaixo dele, a rua principal correndo de oeste para leste, as silhuetas reduzidas de alguns cavalos no campo. Está muito longe de casa.

Reiner sai para o terraço, secando seus longos cabelos com uma toalha. Está usando as mesmas calças pretas de ontem, mas sem camiseta seu corpo é marrom e rígido, de proporções perfeitas. Ele sabe que é bonito e, de alguma forma, isso o torna feio. Detém-se ao sol para se secar, e em seguida atravessa o terraço para se sentar no parapeito. A toalha está enrolada em volta do pescoço, sua pele arrepiada pelo frio, gotas d'água reluzem metálicas nos pelos grossos do peito.

O que quer fazer hoje.

Que tal essas ruínas.

Eles vão às ruínas. Ele já as viu, passou várias horas ali no dia anterior, mas agora olha as paredes grossas, edificações, fortificações e tumbas altas através dos olhos de Reiner, cuja expressão não se altera enquanto ele passa de um nível a outro no mesmo ritmo invariável, seu corpo delgado perfeitamente ereto. Senta-se em uma pedra para esperar, e Reiner vem e se agacha ali perto. Me conte sobre este lugar, pede.

Não sei muito dos fatos, me interesso sobretudo pela mitologia.

Então me fale sobre isso.

Ele conta aquilo de que se lembra, que uma mulher solitária esperava que o marido voltasse da longa guerra em Troia, incubando com sua dor a vingança pela filha assassinada, nada alimenta a vingança mais que a dor, uma lição que a história ensina de novo e de novo, reunindo sua raiva com a de seu amante, que tem suas próprias dores para vingar, até o dia em que Agamenon volta, trazendo consigo sua concubina cativa, a profetisa, que vê o futuro mas não pode preveni-lo. Ele entra caminhando sobre a tapeçaria brilhante que sua mulher lhe estendeu, arrastando em sua trilha dez anos de batalhas, e Cassandra o segue, ambos massacrados por dentro. Ele é derrubado durante o banho, por alguma razão esta única imagem é a que resiste mais vívida e real, o homem imenso abatido por machados, jorrando sangue, desfalecendo nu na água escarlate, por que a violência é sempre tão fácil de imaginar enquanto a delicadeza permanece para mim trancada nas palavras. Já no fim da história o próximo ciclo de dor e vingança é inevitável, o que quer dizer que a próxima história tem de começar. E é verdade, pergunta Reiner. Como assim. Quero dizer, aconteceu mesmo. Não, não, esse é o mito, mas o mito sempre tem em si algo de acontecido. E o que aconteceu de fato aqui. Não sei, este lugar existe, por um longo tempo as pessoas pensavam que não, e isso já é um fato. Não me interesso muito por mitos, diz Reiner, vamos subir por ali.

Está indicando a montanha atrás das ruínas.

Por ali.

Sim.

Por quê.

Porque sim, afirma ele. Está sorrindo de novo, há um brilho peculiar em seus olhos, algum desafio foi lançado, e recusá-lo seria uma derrota.

Começam a escalar a montanha. No aclive inicial há uma terra arada de que eles se desviam com cuidado, e em seguida a montanha se faz mais íngreme. Escolhem uma trilha em meio aos arbustos e vão se pendurando nos galhos. Quanto mais alto alcançam, mais desordenadas e perigosas se tornam as pedras. Depois de uma hora e pouco chegam a um ombro inferior da montanha, com seu pico alto se agigantando acima, mas ele não quer ir além desse ponto. Aqui, ele define. Aqui, diz Reiner, olhando para cima, será que já foi suficiente para você. Sim. A resposta demora um instante, certo, e, quando se acomodam sobre uma pedra, o alemão tem no rosto um olhar estranho, sardônico.

Agora as ruínas estão bem mais embaixo, e as duas ou três pessoas que a percorrem parecem pequenas feito brinquedos. O sol já está alto e, apesar da época do ano, o dia é quente. Reiner tira a camiseta e expõe de novo aquela barriga seca, com a trilha de pólvora dos pelos escuros apontando para baixo, para baixo. O que você está fazendo na Grécia, pergunta.

Eu. Só viajando. Só olhando.

Olhando o quê.

Não sei.

Há quanto tempo está viajando.

Alguns meses.

Por onde andou.

Comecei na Inglaterra. Depois França, Itália, Grécia, Turquia, agora estou de volta à Grécia. Daqui, não sei para onde vou.

Faz-se um silêncio enquanto o alemão o estuda e ele desvia o olhar, afundando-o no vale, por sobre a planície até as montanhas azuis mais distantes. Há por trás destas perguntas uma a que ele não quer responder.

E você.

Vim aqui para pensar.

Para pensar.

Sim, estou com um problema em casa. Quis vir, caminhar por algumas semanas e pensar.

Reiner diz isso e fecha os olhos. Também não vai falar, mas nele o silêncio é poder. Diferente de mim, diferente de mim. Eu também tiro minha camiseta, para me aquecer sob o sol quente. Em seguida, sem saber por que, ele não para, tira os tênis e as meias, as calças, está só de cueca na pedra, o ar já não é tão quente. Ambos entendem que ele está de alguma forma se oferecendo, magro, pálido e comestível sobre a pedra cinza. Ele também fecha os olhos.

Quando volta a abri-los, Reiner está vestindo a camiseta. Sua expressão permanece imutável, ele não revela nada. Está na hora do almoço, diz, quero descer.

A próxima lembrança que vem é da noite, e é de algum modo a inversão daquela da manhã. Ele está de novo sentado no parapeito enquanto a última luz se desvanece do céu, Reiner está outra vez no chuveiro, ouve-se o barulho contínuo da água. O barulho para. Pouco depois ele sai, mais uma vez sem camisa, a toalha em volta do pescoço, e cruza o terraço para se sentar ao lado dele no muro baixo. Faz-se um silêncio, e então, como se respondesse a uma pergunta que lhe acabaram de fazer, Reiner diz suavemente que veio até aqui para pensar sobre uma mulher.

O sol sumiu agora, as primeiras estrelas começam a aparecer.

Uma mulher.

Sim. Tem uma mulher em Berlim. Ela quer casar comigo. Não quero casar, mas ela não quer mais sair comigo se eu não casar com ela.

É esse o seu problema.

É.

E você decidiu.

Ainda não. Mas acho que não vou casar.

O vilarejo foi construído sobre uma ladeira que desce sutilmente por um ou dois quilômetros e em seguida se nivela em uma planície que corre até o mar. Onde começa a planície fica a linha de trem que o trouxe até ali e que o levará embora no dia seguinte, linha em que nesse momento um trem está passando a distância, seus vagões acesos por dentro com um brilho amarelo. Ele observa o trem passar. Também estou aqui por alguém, revela. Mas não estou tentando decidir, só esquecer.

Foi o que pensei.

Essa pessoa não é uma mulher.

Reiner faz um gesto no ar, como se jogasse algo fora. Homem ou mulher, diz, não faz diferença para mim.

Isso parece significar uma coisa, mas pode significar outra. Mais tarde nessa noite, no quarto pequeno, enquanto se preparam para dormir, ele tira a calça, como fez antes nas pedras, e rapidamente se enfia no saco de dormir. Faz muito frio esta noite. Reiner leva um bom tempo para se arrumar, dobrando a camiseta e as meias e guardando-as na mochila. Em seguida tira a calça. Faz isso com certa cerimônia, parado no meio do quarto, dobrando a calça. De cueca, que não é preta, cruza em direção à outra cama, aquela em que estou deitado, e se senta na borda. Quer uma mordida, oferece, segurando uma maçã, encontrei isto na minha mochila. Os dois passam a maçã entre eles, solenemente mordendo e mastigando, um deitado, erguido sobre um cotovelo, o outro sentado, com os joelhos para cima. Bastará um mínimo movimento de um deles, uma mão estendida, ou a ponta do saco de dormir levantada, você quer entrar, mas nenhum deles faz o movimento, um é medroso demais e o outro orgulhoso demais, e a maçã acaba, o momento passa, Reiner se levanta, esfregando os ombros, faz frio aqui, e volta para sua própria cama.

A luz ainda está acesa. Depois de um momento, ele se levanta para apagá-la. Atravessa o quarto escuro até a outra cama e se senta ao lado de Reiner. Não tem uma maçã para oferecer, e ambos esperam em silêncio, ofegantes, o gesto que nenhum dos dois irá fazer. Ele se levanta e volta para sua cama. Descobre que está tremendo.

De manhã, mais uma vez são formais e corretos um com o outro. Arrumam as mochilas. Quer meu endereço, Reiner pergunta, talvez você visite a Alemanha algum dia. Ele mesmo o anota em um caderninho, as letras apertadas escritas com precisão, e pergunta, posso ter o seu também. Não tenho endereço, não tenho um lugar próprio, mas vou lhe passar o nome de uma amiga, esse ele anota para o outro homem, e o intercâmbio está completo. Percorrem juntos a rua principal que sai do vilarejo, descendo a longa ladeira que leva à estação ferroviária. Seus trens partem com poucos minutos de diferença, em sentidos opostos. A estação é uma única sala e uma plataforma de concreto à margem da interminável planície verde. Eles são os únicos passageiros esperando, um único funcionário por trás de uma janela suja lhes vende as passagens, e esse mesmo funcionário, quando o primeiro trem aparece, sai, soprando seu apito. O sul-africano sobe e vai até a janela. Tchau, diz, gostei de conhecer você.

Eu também.

Escute.

Sim.

Por que você sempre veste preto.

O alemão sorri. Porque eu gosto, responde.

O trem começa a se mover.

Vou ver você de novo, diz Reiner e ergue a mão, e vai desaparecendo devagar ao longe, a paisagem sólida tornando-se líquida, pois começa a chover forte.

Ele vai a Esparta, vai a Pilo. Alguns dias depois de deixar Micenas, está passando por uma praça pública em um vilarejo quando vê imagens de bombas e incêndios na televisão de um café. Ele se aproxima. O que é isso, pergunta a algumas das pessoas sentadas, assistindo. Uma delas, que sabe falar inglês, lhe diz que é a Guerra do Golfo. Todo mundo vinha esperando e esperando por ela, agora está acontecendo, está acontecendo em dois lugares, em outro ponto do planeta e ao mesmo tempo no aparelho de televisão.

Ele assiste, mas o que vê não é real para ele. Tanto viajar e não ter casa o excluiu de tudo, por isso a história acontece em outro lugar, não tem nada a ver com ele. Ele está só de passagem. Talvez o horror seja mais fácil de sentir quando se está em casa. Isso é tanto uma redenção como uma aflição, ele não carrega quaisquer fardos morais abstratos, mas essa ausência é representada para ele como uma sucessão de quartos infectos e homogêneos onde dorme, noite após noite, sempre um novo quarto, mas, de algum modo, sempre o mesmo.

A verdade é que ele não é um viajante por natureza, esse é um estado que lhe foi imposto pelas circunstâncias. Gasta a maior parte de seu tempo em movimento, sentindo uma ansiedade aguda, o que torna tudo mais vívido e mais intenso. A vida se transforma numa série de pequenos detalhes ameaçadores, ele não se sente conectado a nada que o circunda, tem um medo constante de morrer. Como consequência, quase nunca se sente feliz no lugar onde está, algo nele vive partindo para o próximo lugar e, no entanto, ele também nunca está indo em direção a algo, mas sempre se afastando, se afastando. Esse é um defeito de sua natureza que viajar transformou em uma condição.

Vinte anos antes, por diferentes razões, algo similar havia acontecido com seu avô. Enraizado e sedentário durante a maior parte de sua longa vida, quando sua mulher morreu, algo dentro daquele velho se rompeu de maneira irrevogável. Ele tomou a estrada, viajou pelo mundo todo, foi aos lugares mais distantes e improváveis, alimentado não por curiosidade ou admiração, mas pela dor. Cartões-postais e cartas com selos e carimbos excêntricos chegavam à caixa postal de casa. Às vezes ele telefonava e sua voz surgia, soando como se viesse do fundo do mar, enrouquecida pelo desejo de voltar. Mas ele não voltava. Só bem mais tarde, quando já estava muito velho e exausto, enfim voltou de vez, para viver seus últimos anos em um dormitório nos fundos da casa, atrás do jardim. Perambulava entre os canteiros, de pijama até meio-dia, os cabelos desgrenhados e sujos. A essa altura sua mente já estava de partida. Ele não se lembrava de onde estivera. Todas as imagens e impressões, os países e continentes que visitara, haviam sido apagados. Aquilo de que você não se lembra nunca aconteceu. No que dependia dele, jamais viajara a nenhum lugar além dos limites do gramado. Irascível e duro durante a maior parte da vida, ele agora era a maior parte do tempo dócil, mas ainda capaz de uma fúria irracional. Do que você está falando, gritou para mim uma vez, eu nunca estive no Peru, não sei nada sobre o país, não venha me falar besteiras sobre o Peru.

Ele vai embora da Grécia duas semanas depois. Move-se de um lugar a outro por um ano e meio, para então voltar para a África do Sul. Ninguém sabe que ele chegou. Pega um ônibus no aeroporto, levando a mochila sobre os joelhos, observando através dos vidros escuros a cidade que voltará a habitar, e não há como dizer o que ele sente.

Tudo mudou enquanto ele estava fora. O governo branco capitulou, o poder sucumbiu e mudou de forma. Mas, no nível em que a vida é vivida, nada parece muito diferente. Ele desce na estação e para no meio da multidão em movimento, tentando pensar, estou em casa, voltei para casa. Mas sente que está só de passagem.

Pega um táxi até a casa de uma amiga, que se casou durante sua ausência. Ela fica contente em vê-lo, mas já em seu primeiro abraço ele sente quanto se tornou um estranho. Para ela e para si mesmo. Ele nunca esteve nessa casa antes e passeia pelos cômodos, observando a mobília, os ornamentos, os quadros que lhe parecem intoleravelmente pesados. Em seguida vai ao jardim e se detém ao sol.

A amiga sai para encontrá-lo. Aí está você, diz ela, é muita coincidência ter chegado hoje, isto veio para você pelo correio esta manhã. Ela lhe dá uma carta que podia ter caído do céu. É de Reiner.

Começam a se escrever. A cada duas ou três semanas as cartas vêm e vão. O alemão é seco e factual, fala de acontecimentos de sua vida como se os contemplasse de fora. Voltou a Berlim. Não se casou. Começou a estudar na universidade, mas mudou de ideia e largou. Mais tarde foi ao Canadá, que é de onde as cartas vêm agora. Está trabalhando em algum projeto florestal em algum lugar, plantando árvores.

Tenta imaginá-lo, a figura séria de preto com seus longos cabelos sedosos, acomodando mudas na terra e cobrindo os buracos. Não se lembra muito bem dele, não de sua aparência. O que retém é o sentimento que Reiner precipitou nele, uma sensação de inquietude e excitação. Mas não ousaria expressá-la, sente no outro homem uma relutância em falar abertamente sobre emoções, fazê-lo é de alguma forma uma fraqueza. Por mais direto que Reiner seja com relação a alguns fatos, há ainda muitos detalhes faltando em seu relato sobre si mesmo, com quem ele morou em Berlim, quem lhe paga para que viaje a tantos lugares, o que o levou ao Canadá para plantar árvores. De algum modo, mesmo quando essas perguntas lhe são feitas diretamente, Reiner dá um jeito de não responder.

De sua parte, ele nunca conteve as emoções, pelo contrário, ele as expressa livremente demais, ao menos nas cartas. Porque as palavras são desligadas do mundo, então é fácil escrever para Reiner sobre quanto é difícil estar de volta. Ele parece não conseguir se estabelecer em nenhum lugar. Fica com a amiga e o marido por um tempo, mas é um intruso ali, uma imposição, sabe que tem que seguir. Aluga um quarto na casa de um estudante, mas se sente miserável naquele lugar, o espaço é sujo e cheio de pulgas, ele não se adapta e, depois de um mês ou dois, se muda de novo. Passa a cuidar das casas das pessoas enquanto elas estão viajando, dormindo em quartos vagos. Depois se muda para o apartamento de uma ex-senhoria sua, que ocupa os três quartos adjacentes e o de baixo. É um erro. A mulher entra no apartamento dele toda hora, seu poodle histérico a segue nos calcanhares, ela está passando por um mau momento, precisa conversar, ele tenta escutar mas está tomado por sua própria infelicidade. Quer ficar sozinho, mas a mulher não o deixa em paz, e o cachorro vai vertendo pelos e histeria por todo o piso. Em algum momento escreve a Reiner, gostaria que você viesse para cá e me levasse em uma longa caminhada a algum lugar. Recebe uma carta de resposta, obrigado por seu convite, estarei aí em dezembro.

Não vá me buscar no aeroporto, diz Reiner, eu vou ao seu encontro, não é necessário. Mas ele telefona às linhas aéreas para descobrir o voo, pega um carro emprestado de amigos e está na sala de desembarque uma hora antes do horário. Sente uma mescla de expectativa e ansiedade. Faz dois anos que se viram, não sabe como as coisas irão.

Quando Reiner atravessa o portão, não está esperando ninguém e por isso não olha em volta. Eu estou parado um pouco mais atrás para observá-lo. Sua aparência é a mesma. Os cabelos castanhos e lisos pendem sobre os ombros, está vestido de preto da cabeça aos pés, carrega a mesma mochila preta às costas. Com uma expressão severa ele vai de imediato até uma fileira de cadeiras de plástico, onde se põe a rearrumar a mochila.

Eu fico assistindo por um minuto ou dois, depois tento parecer casual enquanto caminho e paro ao lado dele.

Olá.

Reiner ergue os olhos. O rosto escuro se clareia por um instante, depois volta a se fechar. Por que está aqui. Eu disse que você não devia.

Eu sei. Mas quis vir.

Certo.

Olá.

Eles não têm certeza de como devem se cumprimentar. Ele abre os braços e o outro homem aceita o abraço. Mas não inteiramente.

Você não confia que eu encontre o caminho.

Só quis receber você, isso é tudo. Posso ajudar com as suas coisas.

Só tenho esta mochila. Prefiro carregá-la eu mesmo.

De carro, ele leva Reiner até sua casa. Enquanto sobem a escada, a senhoria, que já não conversa com ele, observa pela porta entreaberta. O apartamento dele está quase vazio, suas poucas posses permanecem dentro de caixas, ele vai sair dali no fim do mês. Saem e se sentam na sacada, olhando as árvores verdes ali embaixo, as favelas de Cape Flats se espalhando pelas montanhas. Pela primeira vez, ele cai no silêncio.

E então, diz Reiner.

Sim.

Estou aqui.

É estranho.

Eles se olham, ambos sorrindo. Até agora a vinda de Reiner é algo irreal, ele não chegou a acreditar que aconteceria, mas agora estão ambos mais uma vez no mesmo lugar. Estão sentados na sacada, conversando. No começo se mostram nervosos e estranhos um com o outro, as palavras não vêm fácil e, quando chegam, estão carregadas de tensão. Mas depois de certo tempo a conversa começa a fluir, eles relaxam um pouco, descobrem com alívio que se dão bem, que compartilham certo humor relacionado a uma alienação para com as coisas. Isso os ajuda a gostar de novo um do outro, mesmo que por enquanto esse apreço não se baseie em nada sólido, apenas uma vaga sensação de afinidade. É quase suficiente.

Só há uma cama no apartamento, que eles têm que compartilhar. Mas naquela noite, quando chega a hora de dormir, Reiner diz que não precisa de um colchão.

Como assim.

Observa Reiner indo até a sacada e começando a desfazer a mochila. As pessoas precisam de coisas demais, ele explica, tirando um saco de dormir e uma esteira fina. As pessoas querem ficar confortáveis. Não é preciso. Ele desenrola a esteira na sacada e abre por cima o saco de dormir. Isto basta. Prefiro assim. Ele tira os tênis, entra no saco de dormir e puxa o zíper para cima. Fica deitado ali, olhando seu companheiro no escuro. É impossível ver qualquer expressão em seu rosto. Perfeito, diz ele.

Agora que Reiner está aqui, ele pega o atlas e os dois se debruçam sobre o livro com ansiedade. Estão procurando um país cheio de espaço aberto, com poucas cidades. No tempo que passaram conversando sobre a viagem, concordaram quanto às condições ideais. Nenhum deles está querendo aglomerações, estradas cheias ou áreas construídas. Assim, ali está Botsuana. Ali está a Namíbia. Ali está o Zimbábue.

E este, qual é.

Lesoto.

O que você sabe sobre esse lugar.

Ele não sabe muito, nunca esteve lá, assim como nenhum de seus amigos. Sabe que é cheio de montanhas e muito pobre, cercado inteiramente pela África do Sul, mas, afora isso, o país é um mistério para ele. Os dois se sentam e o contemplam no mapa.

Talvez devêssemos ir lá.

Talvez devêssemos.

Essas podem não ser as palavras que usam, mas a decisão é tão leve e imponderada quanto isso. Num instante eles não sabem aonde vão, no instante seguinte estão partindo rumo ao Lesoto.

Vão a uma agência governamental no dia seguinte e recebem um mapa no qual todas as estradas, os povoados e as altitudes estão marcados com clareza. Para mim esse mapa parece ideal, mas Reiner o estuda com certa desconfiança.

Qual é o problema.

Você não acha que deveríamos conseguir mapas maiores. Com mais detalhes. Quatro ou cinco para todo o país.

Mas para quê.

Aí podemos planejar cada parte da caminhada.

Mas podemos planejar com este.

Não o suficiente.

Eles se olham, esta é a primeira vez que saem do passo. O homem atrás da escrivaninha diz que não tem nenhum mapa mais detalhado, que esse é o melhor que ele pode oferecer. Está bem, eu digo, nós levamos. Porém mais tarde, nesse dia, diz Reiner, temos que procurar quando subirmos ao Lesoto.

Procurar o quê.

Mapas mais detalhados.

Essas contradições confundem, aqui está um homem que acha desnecessária uma cama apropriada, mas para quem um mapa perfeitamente bom é insuficiente. No dia seguinte Reiner vai sozinho à biblioteca local para estudar sobre o Lesoto. É um alívio, ao menos saberemos algo sobre o lugar aonde estamos indo, mas, quando ele volta, parece que não aprendeu absolutamente nada sobre a história do país. Em vez disso pesquisou sobre o clima, o terreno e a topografia, tudo codificado em números.

Números dão alguma segurança a Reiner. Quando lhe oferece café à noite ele rejeita, já tomei duas xícaras hoje, não tomo mais que duas xícaras a cada doze horas. Quando vão caminhando a qualquer lugar, ele quer saber a quantos quilômetros fica. Se ele não sabe, ou se não sabe com exatidão, Reiner parece contrariado.

Assim, já nos primeiros dias eu ganho consciência de certas diferenças entre eles. Mas não há tempo para preocupação com isso. Ainda faltam duas semanas para a partida e ele tem muito a fazer, como ajustar as contas e guardar todas as suas coisas em um depósito. Sente-se perturbado e sob pressão, e nesse estado preferiria estar sozinho. Quase nunca consegue. Mesmo quando sai do apartamento na mais mundana das missões, Reiner está sempre com ele, que se desgasta com a presença constante, como a de um acompanhante obscuro, irônico e taciturno, de rosto quase petulante. E Reiner, por sua vez, parece irritado com todas essas tarefas e deveres; as exigências de uma vida normal se erguem entre eles.

Por que você precisa fazer todas essas idiotices.

Eu tenho que fazer. Elas têm que ser feitas.

Por quê, pergunta Reiner, com um sorriso afetado.

É um mistério quem cuida de todas as necessidades mundanas da vida de Reiner. Quando pensa nisso, vê que não sabe nada sobre ele, mas quando pergunta não chega a lugar nenhum. Descobre que ele tem pais profundamente religiosos, mas para além disso não faz ideia sobre sua família ou sua formação. Embora tenha um interesse genuíno, sente do outro lado uma profunda relutância em responder.

Uma vez pergunta a Reiner, o que você faz para se sustentar.

Como assim, o que eu faço.

Como você ganha dinheiro. De onde ele vem.

O dinheiro vem. Você não devia se preocupar com isso.

Mas você tem que trabalhar para ganhar dinheiro.

Eu era pago no Canadá. Para plantar árvores.

E antes.

Sou filósofo, diz Reiner, e a conversa termina aí, ele é silenciado por essa ideia, um filósofo, o que isso significa. Os filósofos estão isentos de trabalhar, quem os sustenta, o que fazem exatamente. Supõe que filósofos não tenham tempo para as tarefas ordinárias do mundo, e talvez seja por isso que Reiner se irrita com todas aquelas perambulações.

O que você preferiria estar fazendo.

Andando.

Nós andamos.

Não o suficiente. Devíamos estar treinando para a viagem. Temos que entrar numa rotina, dá para ver que você não está em forma.

Uma vez, Reiner faz com que empreendam uma longa caminhada. Precisamos de um desafio, diz. Para nos prepararmos. Pegam um ônibus para Kloofnek, seguem a trilha e passam por Camps Bay, indo quase até Llandudno, onde a paisagem de pedras cinza e mar turquesa parece muito com a Grécia, ecos do passado em anéis concêntricos através do tempo. Sobem até o cume da montanha e descem pelo outro lado, em Constantia Nek, voltando através da floresta até Rondebosch. Seis ou sete horas se passam, seus pés se enchem de bolhas, estão tontos de fome. Estou a ponto de desmaiar, diz ele, preciso comer. Eu também estou a ponto de desmaiar, diz Reiner, é um sentimento interessante, eu não quero comer.

Essa é outra diferença entre eles, o que é doloroso para um é interessante para o outro. O sul-africano também adora caminhar, mas não constante e obsessivamente. Também se sente atraído pelo extremo, mas não quando se torna perigoso e ameaçador. É incapaz de examinar sua própria dor como esporos em uma lâmina de microscópio, achando interessante, interessante. Se sua própria dor é interessante para você, quão desapegado você será da dor de outra pessoa, e é verdade que há algo em Reiner que enxerga toda falha humana sem compaixão, talvez até com desdém. O que provocou nele essa frieza eu não sei.

O que Reiner quer é concentração total nos preparativos para a viagem, ele gostaria de dispensar toda trivialidade externa, as palavras que usou na sacada aquela noite expressam alguma verdade básica para ele, as pessoas precisam de muitas coisas que não são necessárias. Senta-se para estudar por horas aquele mapa do Lesoto, já traçou nele em caneta vermelha uma série de rotas possíveis. Eu olho com medo aquelas linhas finas, como veias atravessando algum estranho órgão interno. Às vezes parece que, para Reiner, aquele país é só um conceito, alguma ideia abstrata que pode ser subjugada à sua vontade. Quando ele fala, é sobre distâncias e altitudes, dimensões espaciais que podem ser reduzidas a fórmulas, não há qualquer menção ao povo ou à história, nada importa exceto ele e o espaço vazio em que ele se projeta. E quanto à política, comento, não observamos a situação humana, não sabemos onde estamos nos metendo. Reiner olha para ele com estupefação, depois acena com mão desdenhosa. Mesmo aqui na África do Sul, onde nunca esteve antes, Reiner não tem interesse no que acontece à sua volta. Quando sai em suas longas caminhadas pelas ruas, vai com fones cravados nos ouvidos, não quer que os ruídos externos se intrometam. Seu olhar sombrio e intenso está direcionado a algo bem à frente, mas na verdade está voltado para dentro.

A essa altura, porém, há apenas tênues insinuações de desassossego. Está animado com a viagem. Tem certeza de que o pequeno atrito entre Reiner e ele vai passar quando estiverem fora da cidade e sozinhos, juntos pela estrada. Nenhum dos dois foi feito para a vida sedentária.

Pega uma barraca emprestada de um amigo. Reiner insiste que a armem no jardim ao lado do prédio. Leva um bom tempo, as traves e estacas são como um alfabeto estranho e novo que eles têm que aprender. Tudo precisa ser emprestado ou comprado, fogareiro a gás, cilindros, filtro d'água, archote, facas, garfos, pratos de plástico, um kit básico de primeiros socorros. Ele nunca viajou assim antes, a estranheza de tudo o assusta, mas também o excita, o pensamento de dispensar sua vida normal é como a liberdade, do jeito que era quando se conheceram na Grécia. E talvez seja essa a verdadeira razão desta jornada. Ao se livrar de todo lastro de vida familiar, cada um deles está tentando recapturar a sensação de leveza de que se lembram, mas que talvez nunca tenham vivido. Na memória mais que em qualquer outro lugar viajar é como uma queda livre, ou como voar.

Em algum momento dessas duas últimas semanas, a questão do dinheiro vem à tona. São detalhes práticos a serem levados em conta, tal como o modo como pagarão pelos gastos do trajeto. Reiner diz que tem dólares canadenses que gostaria de usar, então é melhor que ele cuide do dinheiro. Mas e quanto a mim, eu digo.

Você me paga depois.

Então é melhor eu anotar meus gastos.

Reiner assente e dá de ombros, dinheiro é trivial, desimportante.

Agora está tudo preparado. Ele se vê despedindo-se das pessoas com certa inquietude, como se pudesse nunca voltar. Em cada partida, bem no fundo, ínfimo, como uma semente negra, está o medo da morte.

Pegam um trem para o centro da cidade. Na estação, embarcam em um ônibus e viajam ao longo da noite. É difícil dormir, e eles vão chacoalhando acordados, acompanhando a paisagem cinza e metálica que passa do lado de fora. Chegam a Bloemfontein às primeiras luzes de um domingo, e andam pelas ruas desertas até encontrarem um ponto de onde podem pegar uma van até a fronteira do Lesoto. Têm que esperar por horas até que a van esteja cheia. Reiner se senta no banco de trás, com a mochila sobre os joelhos e a cabeça apoiada na mochila, os fones afundados nos ouvidos.

Eu saio por ali e volto, depois saio de novo. Uma longa parte de qualquer viagem consiste apenas em esperar, com todo o aborrecimento e a depressão decorrentes. Surgem lembranças de outros lugares onde ele esperou, saguões de aeroportos, rodoviárias, umas quantas calçadas solitárias sob o calor, e em todos eles há um fio idêntico de melancolia resumido em uns poucos detalhes transitórios. Uma sacola de papel voando ao vento. A marca de um sapato sujo num azulejo. O brilho irregular de uma lâmpada fluorescente. Deste lugar, por exemplo, ele vai reter a visão de uma parede de tijolos rachados esquentando cada vez mais sob o sol.

Quando partem, já está de tarde. O percurso não é longo, pouco mais de uma hora, e eles atravessam uma planície rural, flanqueada por estradas de terra de ambos os lados. Eles são o foco de uma curiosidade não assumida no veículo lotado. É palpável que Reiner está infeliz naquela proximidade forçada com as pessoas, parecendo alguém que contém o fôlego.

Quando chegam, formam filas para passar pela alfândega, uniformes, óculos escuros, barricadas e salas pálidas, os elementos de todo cruzamento de fronteira. Passam e percorrem uma longa ponte sobre um rio, tendo que ser registrados de novo do outro lado. Agora cruzaram uma linha num mapa e estão dentro de outro país, no qual as potencialidades do destino são diferentes daquelas que eles deixaram para trás.

Aonde vão e o que farão a partir dali é algo desconhecido. Ele tinha alguma ideia de que simplesmente iniciariam a viagem, com a estrada se desenrolando diante deles, mas o que confrontam, em vez disso, é uma cidade fronteiriça dispersa, hotéis e cassinos de ambos os lados de uma rua suja, e muita gente transitando preguiçosamente pelas calçadas, e já é tarde nesse dia. Conversam e decidem que vão alugar um quarto para passar a noite. Amanhã partem de vez. Cada hotel é pior que o outro, eles escolhem o primeiro que aparece à esquerda, e ali lhes dão um quarto que fica bem acima da rua.

Para passar o tempo saem andando por essa cidade, Maseru. Sobem e descem a rua principal, olham as lojas, vão ao supermercado e compram alguma comida. Entre eles há uma excitação constituída em parte pelo medo, estão comprometidos com uma situação cujo desfecho é desconhecido, viagens e amores têm isso em comum. Ele não ama

Reiner, mas o companheirismo entre eles tem de fato a forma de uma paixão obscura.

Quando voltam ao hotel, saem andando também por seus arredores. Descem a escada de trás, que dá em um jardim. Há um barraco de madeira no canto. Uma placa na porta diz sauna. Dentro está uma mulher de uns cinquenta anos, algo em seus olhos parece indicar cansaço e abatimento, mas ela se alegra com fervor ao vê-los. Entrem, entrem, peguem uma sauna. A sauna é tépida, mas sem vapor, as paredes são justamente as paredes de madeira do barraco. Não, não, só estamos olhando, talvez mais tarde. Não, venham agora, façam uma massagem, eu lhes farei uma boa massagem. Agora ela chega a nos segurar pelos braços.

Quando saímos, comenta ele com Reiner, ela estava se vendendo.

Reiner não diz nada, mas algo em sua expressão sugere uma resposta. Permanece silencioso e pensativo durante o jantar no refeitório, e também quando voltamos a subir para o quarto. Ainda é cedo, mas o resto da noite se prolonga sem sentido.

Acho que vou sair, diz Reiner.

Vai aonde.

Talvez eu pegue uma sauna.

Ele sai e eu fico parado à janela por um longo tempo, pensando. As luzes da cidade se espalham em todas as direções, mas uma profunda escuridão as circunda. Ele espera a volta de Reiner, mas Reiner não volta e não volta, e por fim ele vai dormir.

Quando acorda é de manhã, e Reiner está na outra cama protegido apenas por uma coberta. O tecido caiu um pouco e ele não veste nada por baixo. O alemão é sempre delicado e meticuloso em cobrir o corpo, e esse abandono descuidado parece algum tipo de anúncio. As costas compridas e marrons se estreitam até o ponto em que as nádegas se dividem, onde uma pele mais pálida faz com que os pelos e as sombras ressaltem, em relevo. Agora Reiner se vira, há o mais breve relance de uma ereção antes que sua mão adormecida puxe a coberta para cima. Eu me levanto em um torvelinho de desejo e repulsa, será que ele fez mesmo aquilo na noite anterior.

Sim, diz ele.

Você voltou lá e transou com aquela mulher.

Sim. Ele está sorrindo de novo, um sorriso fino e presunçoso, isso já um pouco depois, ele sentado à beira da cama com uma toalha em volta da cintura. Alguma parte de Reiner está perpetuamente equilibrada ante um abismo de pedras, contemplando a confusão moral dos campos. Quando estava no Canadá, comecei a transar com putas.

Por quê.

Sou muito tenso. O sexo me ajuda a me livrar da tensão.

Isso não responde à questão, mas ele não volta a perguntar. É óbvio que está perturbado e de alguma forma isso o enfraquece. Ele assente e muda de assunto, mas sua mente não consegue se livrar do rosto enrugado e exausto da mulher da sauna, o modo como ela os agarrou pelos braços.

Eles se vestem, arrumam as coisas e vão. Só agora estão partindo de verdade, todo o resto foi preparação. Com as mochilas nas costas, caminham. Mudam a altura e a natureza das construções que os cercam, mas a cidade se prolonga e se prolonga. Estão indo em direção a uma alta cadeia de montanhas na margem oriental, horas passam e eles não parecem estar se aproximando, como a indicar que serão obrigados a passar a segunda noite também ali.

Mas logo estão na longa estrada de terra que sobe a cadeia, e lentamente os jardins e telhados de zinco começam a ficar para trás à medida que sobem a ladeira final, com pedras marrons e arbustos dos dois lados. Quando chegam ao topo, param para uma última olhada na panela fervilhante e podre da qual acabam de sair, e logo vão em frente. Há outra cadeia de montanhas atrás da primeira, e agora eles estão em um lugar diferente.

Há mais e mais montanhas, o mundo dos ângulos retos e das linhas rígidas absorvido por outro de ondulações e mergulhos, gráficos representando os humores em linhas coloridas, marrons se aprofundando em sombras de azul que quase borram o céu. É fim de tarde. Mas está quente. Objetos às margens da estrada, uma árvore, um arado partido, incham e evaporam no ar fumegante. A princípio a paisagem é desolada, virgem e intocada, mas na próxima subida, ou quem sabe na seguinte, surgem campos, talvez uma minúscula figura humana labutando, uma cabana ou uma casa ao longe. Eles param e descansam em um ponto de sombra, é incrível para ele, talvez para os dois, estar ali, o que era uma linha pouco ponderada em uma carta de meses atrás veio afinal a acontecer.

Caminham e caminham, todo o impulso latente nas vastas curvas da terra de alguma forma se contrai na dinâmica desse movimento, uma perna passando diante da outra, cada pé sendo plantado e desenraizado em sequência, toda a superfície do mundo já foi repisada assim ao longo dos tempos. A mochila é pesada, as alças cravam na cintura e nos ombros, os calcanhares e os dedos dos pés atritam contra as botas, sua boca está seca, os pensamentos soltos e desconexos de seu cérebro ganham coerência em torno da vontade e do impulso de seguir. Sozinho ele não seguiria. Sozinho ele se sentaria, não se moveria mais, ou sozinho ele nem sequer estaria ali, mas está ali e esse fato em si faz dele alguém subserviente ao outro, que o puxa atrás de si como se o controlasse por finos fios de poder.

Não conversam. Há, sim, algumas palavras ocasionais, mas sobre coisas práticas, onde vamos dormir, precisamos descansar, e fora isso eles caminham, às vezes próximos um do outro, às vezes distantes, mas sempre sós. É estranho que todo esse espaço, não confinado por limites artificiais já que vaza até o horizonte, devolva você tão completamente a si mesmo, mas é o que acontece. Não sei quando foi a última vez que estive concentrado com tanta intensidade em um único ponto, vendo-me caminhar pela estrada de terra com meu rosto lavado de todas as emoções habituais, de todas as tensões e aspirações que me conectam ao mundo. Talvez a meditação profunda faça com que você se sinta assim. E talvez seja isso o que Reiner quer dizer quando afirma, naquela noite, que caminhar tem um ritmo que se apossa de você.

O que você quer dizer.

Se você anda e anda por tempo suficiente, o ritmo assume.

Há uma vaguidão no modo como ele diz isso, algo que faz você querer esgotar o assunto ali. Isso acontece muitas vezes com Reiner, ele oferece um pensamento que é interessante e profundo e talvez não seja dele próprio, e do outro lado se sente um vazio que ele não é capaz de preencher, não há mais pensamentos que acompanhem aquele. Em silêncio ele espera que você fale. Às vezes você fala, mas não nessa noite, estou cansado demais, eles estão sentados lado a lado em uma pequena caverna, sob uma rocha mais saliente.

Está quase escuro. Isso já horas e horas depois de deixarem a cidade, ele teria preferido parar há um longo tempo mas Reiner quis continuar, só depois que o sol se pôs ele finalmente concede que é hora de armar a barraca, mas agora não há nenhum lugar que pareça habitável. Há campos de um lado e uma montanha nua do outro, estariam expostos demais, parece errado, vamos passar aquela montanha e dar uma olhada. Lá, por sorte, acham uma caverna, Reiner tem o olhar calmo e triunfante de quem sabia o tempo todo, e o que seu olhar deixa implícito é que ele está em sintonia com os ritmos do universo, o ritmo de andar não diferente do ritmo de viver, invista com bravura nos extremos e tudo ficará bem. Veja, nem é preciso armar a barraca. Eu estou menos entusiasmado, nós realmente vamos fazer isso, dormir ao ar livre como um par de mendigos, ele é mimado e delicado, carece do fatalismo de seu duro companheiro, e pastores cagaram deixando pilhas de merda por toda a caverna. Mas à medida que escurece e o mundo se contrai ao espaço de uma mínima reentrância na pedra, torna-se mais agradável estar ali, no círculo da fogueira que eles acenderam com suas próprias mãos.

Em frente à caverna, a terra cai em um vasto vale, na luz a imensidão do espaço é assustadora, mas agora se tornou confortante. Muito longe lá embaixo estão as fogueiras ínfimas e isoladas dos vaqueiros, o som distante dos sinos das vacas se alça em ecos vibrantes. Quando eles já ferveram água e comeram, desce uma sensação de bem-estar, todas as fissuras e feridas do mundo estão fechadas e curadas, horas de sono pela frente.

Ele abre seu saco de dormir e se deita de lado, espreitando a escuridão. Depois de um momento, Reiner vem e se encolhe atrás dele. Não dizem nada, o silêncio se adensa em tensão e então Reiner diz, em uma de suas cartas.

Sim.

Você disse que estava ansioso para me ver de novo.

Sim.

O que quis dizer com isso.

Ele não sabe o que quis dizer com aquilo, mas sabe o que Reiner quer dizer com isso. Não consegue impedir, mas o dia todo na estrada sua mente invocou imagens que preferiria não invocar, fica vendo a mulher da noite anterior, inteiramente tomado por um desespero febril, vê Reiner em cima dela, dobrando-a em posições plásticas com suas mãos marrons. O que Reiner quer agora não seria diferente do que foi com a mulher, um ritual realizado sem ternura, calidez ou prazer sensual.

Mas a verdade é também que há um impulso de subserviência nele, parte dele quer ceder, vejo sombras subindo em contorções de luta no teto da caverna.

Não sei o que eu quis dizer.

Você não sabe o que quis dizer.

Eu estava ansioso para ver você.

Nada mais.

Não que eu possa pensar.

Reiner assente com lentidão. Nenhum dos dois é bem a pessoa que por acordo mútuo vinha sendo até então, as regras serão diferentes desta noite em diante. Ele pode sentir o suor fumarento do outro homem, ou talvez seja o seu próprio, não um cheiro ruim, e então Reiner se levanta e se desloca até o outro lado da caverna para se acomodar. Não voltam a falar. O fogo vai se apagando devagar, as sombras se evanescem, o som dos sinos continua no ar.

Voltam a partir antes do amanhecer, a estrada ainda azul e indistinta. Os pontos feridos de ontem doem agora com intensidade renovada, mas depois de meia hora de caminhada a dor se torna dispersa e geral. Há uma dor prazerosa por todo o corpo. O sol aparece e, por todos os lados, as montanhas se erguem da escuridão.

Estão andando em um grande círculo que vai terminar em um lugar novamente próximo à primeira cidade, de onde darão início a um segundo círculo maior que terminará quase no mesmo lugar, de onde começarão um terceiro. Dessa forma atravessarão o país em três grandes voltas, a última das quais os levará à montanha mais alta da Cordilheira do Drakensberg, que fica longe ao leste. A essa altura eles esperam estar fortes e em forma, mais acostumados às asperezas desse tipo de viagem, embora ele tenha suas dúvidas. Foi Reiner quem planejou a jornada desse jeito, marcando-a com tinta colorida em seu mapa.

Param em uma lojinha de beira de estrada para comprar a comida do dia. A sala minúscula está cheia de latas, caixas e pacotes, massas, doces, legumes e sopa. Os pacotes são pesados e parece sensato pegar coisas pequenas, alguns pães talvez, um pouco de arroz. Mas Reiner percorre o interior escuro da loja, selecionando nas prateleiras alguns itens pesados, escolhendo latas, um saco de batatas, barras de chocolate.

Mas por quê.

Eu tenho vontade.

Chocolate.

Gosto de chocolate. Li uma reportagem sobre um homem que viveu por um ano só de chocolate e água.

É impossível.

Reiner me olha com um sorriso afetado, é claro que é possível. Nos dias por vir ele partirá pequenos pedaços de chocolate e comerá com delicadeza, saboreando alguma essência que o alimentará para além das leis da biologia. Para Reiner, as complexidades e contradições do mundo são uma distração, e a verdade é sempre absoluta e simples, uma regra a ser seguida com rigidez para que toda confusão seja superada. É possível, ele acredita, sobreviver de força de vontade e chocolate, e a cada vez que oferece um pedaço ao seu companheiro aquele sutil sorriso afetado retorna ao seu rosto.

O dinheiro que paga por essa comida, assim como por todo o resto, é de Reiner. Em Maseru ele trocou alguns de seus dólares canadenses por rands, carrega o dinheiro em uma pochete em volta da cintura, e é com isso que estão vivendo agora. Embora eu anote com diligência cada item em um caderninho e pretenda devolver a ele centavo por centavo ao fim da viagem, o que fica claro mesmo agora, no segundo dia dessa jornada, é que Reiner vai decidir o que eles podem e o que não podem comprar ao longo do caminho.

Por isso pegam as latas, as batatas e o chocolate e distribuem tudo por igual, mas o peso que cada um transporta parece desproporcionalmente grande quando voltam a partir. Ele experimenta a opressão de um forte ressentimento, e caminha mais devagar do que antes. Ao meio-dia o sol é intenso, ambos suam muito. Estão perto de uns prédios feios em estilo moderno, uma espécie de cidadela, com uma igreja velha em ruínas. Acho que devíamos parar e descansar um pouco, diz Reiner.

Passando o topo da montanha à direita há uma queda íngreme, e, a meio caminho, uma caverna maior do que aquela em que dormiram na noite anterior. Reiner quer descer até lá. Mas não é tão perto. E daí. E daí que vamos ter que escalar de volta. E daí. É mais um momento de conflito não assumido, a zombaria sardônica nos olhos escuros do primeiro homem vence a relutância do homem mais fraco. Eles escolhem a rota por onde descer entre aloés e pedras, seixos soltos se espalhando embaixo de seus pés. Quando chegam à caverna, sua raiva esfria à sombra da pedra, à vista calma do vale que se abre aos pés deles. É bonito aqui. Sim.

O que ele quer dizer com aquela sílaba única de concordância é que estava certo mais uma vez.

Atiram-se na pedra. Ele cai no sono e, quando acorda, horas se passaram e um temporal começa a se formar. O céu está preto e azul cheio de nuvens, raios caem, trovões estremecem a pedra. Quando a chuva começa é quase sólida, uma porta que fecha o mundo. Eles permanecem sentados sob o teto de rocha, a água escorrendo, gotas frias respingando do chão. É como na noite anterior, agora que ele está descansado e refeito, agora que o calor passou, a crueza dessas emoções extremas também se suaviza. Ele quase é capaz de amar esse lugar estranho onde se encontra, e também seu estranho companheiro.

Acho, diz Reiner, que devíamos viajar todo dia assim. Acordar cedo e andar, depois parar na metade do dia. Aí sair de novo.

Sim, responde ele.

Nesse momento está plenamente de acordo com Reiner, não sabe como pôde ficar bravo com ele. Contra o céu tempestuoso, seu rosto solene é bonito.

Quando o temporal se desfaz, a luz atravessa até eles, que saem para um mundo lavado, de cores resplandecentes. Essas tempestades à tarde acontecem quase todo dia, o calor cresce em intensidade até que enfim ela irrompe, e depois fica sempre esse sentimento de regeneração na paisagem, mas também entre eles.

Estão realmente entregues à estrada agora. Até passarem a primeira noite ao ar livre, toda esta viagem ainda era uma ideia maluca, algo que podiam abandonar a qualquer momento, mas de alguma forma eles haviam cruzado um ponto e passado de um mundo a outro. No velho mundo levavam suas vidas comuns, com seus hábitos e amigos, seus lugares e escolhas, mas agora tudo isso foi deixado para trás. Nesta nova vida eles só têm um ao outro e a seleção de objetos que carregam às costas. Tudo o mais, mesmo as pessoas que eles detêm e com quem conversam pela estrada, acaba ficando para trás.

Nesta curiosa união, neste estranho casamento, um novo conjunto de hábitos deve ganhar existência para mantê-los vivos. Há tarefas que precisam ser cumpridas, as mais básicas, as mais necessárias, que em certos dias podem se iluminar com um significado quase religioso, e em outros podem parecer o mais tedioso dos serviços. A barraca, por exemplo, tem que ser armada e desarmada. Duas ou três vezes por dia uma refeição tem que ser preparada, e em seguida as panelas e as frigideiras devem ser lavadas. No começo, nos primeiros dias, esses trabalhos são divididos igualmente entre eles. Eles se ajudam a dispor as traves e inseri-las no pano frouxo, procuram em volta pedras para bater as estacas no chão. Ou negociam, por que você não arma a barraca, eu faço o jantar. Tudo bem, eu ajudo você a lavar tudo depois. E, embora tenham que ser cautelosos um com o outro, e os pequenos momentos de conflito de fato sejam recorrentes, há uma simetria e um equilíbrio no correr das coisas, eles poderiam continuar assim por um bom tempo.

Nesses primeiros dias ainda há bastante diálogo entre eles. Vão encontrando o caminho para chegar a conversas interessantes, trocam ideias e discordam a respeito. Se evitam assuntos pessoais, se não há discussão sobre suas vidas íntimas, é apenas porque deixaram essas vidas íntimas para trás. Em seu lugar existe uma nova intimidade, uma intimidade prática, em que um pode se deitar perto do outro e trombar com ele no escuro, e podem se olhar no rosto logo de manhã, e em certo sentido essa intimidade é o motor de toda a viagem.

O dia passa a se organizar em torno de pequenos rituais de colapso e renovação. A cada manhã eles acordam cedo antes de haver luz. Um deles faz uma fogueira para ferver água para o café, enquanto o outro desmonta a barraca. Em seguida partem, tentando cobrir certa distância antes que fique quente demais. Depois de uma hora ou duas, param para tomar o café da manhã. Lavam as coisas, se há água, ou guardam as panelas e os pratos sujos para mais tarde, partindo de novo.

No meio da manhã, quando fica quente demais, encontram um lugar para descansar por algumas horas. Neste país de picos e vales, cortado por rios, sempre há um ponto sombreado perto da água, com a vista aberta às distâncias azuis. Acostumam-se a dormir nesses lugares macios e exuberantes, abelhas, zangões, as sombras das nuvens movendo-se em silêncio, ondas de grama.

Agora o calor está começando a se transformar em temporal. As pontas das montanhas ganham um brilho agudo e elétrico, no alto céu nuvens escuras se acumulam, em pouco tempo um vento quente começa a soprar. Ou eles esperam onde estão, às vezes até montando a barraca de novo para se proteger da tempestade, ou se abrigam em alguma cabana ou caverna. O maior medo nessas horas são os raios. Neste país deslocado, em que a morte é presença constante sob a pele, é uma ideia grotescamente plausível que sejam atingidos pelo céu. Ele nunca antes viu um fogo tão brilhante, ou ouviu falar de trovões tão terríveis.

Então há a última caminhada do dia, o último impulso de energia e esforço, tentando cobrir uma distância específica antes que a noite caia. Quando o pôr do sol se aproxima, eles encontram um lugar para dormir. Na maioria das vezes, armam a barraca. Se estão perto de algum vilarejo, vão pedir permissão a alguma autoridade, permissão que é invariavelmente concedida, e uma ou duas vezes lhes oferecem um quarto para dormir. Também têm seus rituais noturnos, a fogueira e a comida, talvez um pouco de leitura, a caminhada no escuro com um rolo de papel higiênico na mão. Não muito tarde eles dormem, deitando-se lado a lado, a exaustão subindo à cabeça em segundos, mesmo o chão mais duro torna-se macio.

E os dias se sucedem. Na estrada vão passando por casas, ou pequenos agrupamentos de cabanas, e em toda parte as pessoas param o que estão fazendo para vê-los. Às vezes gritam saudações, expressões prontas em inglês que devem ter aprendido na escola, oi como vai sim não também vou bem tchau. Em muitos lugares, grupos de crianças enxameiam em volta deles, seguindo em cantoria e riso aquele par de flautistas de Hamelin que os atrai em seu rastro. Em uma cidadezinha o prefeito os hospeda em sua casa, é um homem enorme e banguela que fuma sem parar maconha enrolada em jornal e insiste em ceder a eles sua própria cama, indo passar a noite em outro lugar. Em uma loja ao lado da estrada, duas colegiais conversam com timidez e também arriscam sua ladainha de frases em inglês, olá olá qual é seu nome, e em seguida uma grita eu te amo e as duas caem na gargalhada.

Reiner se diverte com as colegiais, eu podia ter uma esposa gorda no Lesoto, eu gostaria daquele ho-ho-ho, mas à maioria dessas abordagens amistosas ele responde com irritação. Não quer ser perturbado com sorrisos e conversas, não vê necessidade de interação desse tipo. Põe os fones de ouvido quando parte de manhã, mantém os olhos fixos na estrada. Fica contente quando lhe oferecem um quarto, mas não quer pagar, e também não quer pedir permissão para acampar. Por que deveríamos. É o costume. Costume deles, não meu. Nós estamos no país deles. País deles, não acredito em países, são só linhas no mapa. Às vezes eu não sei em que você de fato acredita, Reiner. A isso, o rosto irritado apenas sorri.

A maior parte do tempo eles seguem a estrada, mas às vezes atravessam pelo campo. Isso acontece quando Reiner vê no mapa um lugar por onde eles podem cortar caminho, veja aqui, deste ponto a este. Mas há montanhas no meio. Sim, estou vendo. Com frequência parece que ele escolhe essas rotas precisamente porque têm obstáculos, montanhas, rios, escarpas, apresentam desafios interessantes, temos que superar a natureza com a mesma indiferença com que ela nos trata, e assim adentram o mundo selvagem.

Não gosto de sair da estrada, meu senso de vulnerabilidade se aprofunda, desce um tipo de nervosismo primitivo. Mas esse é também um dos elementos mais cativantes da viagem, o sentimento de medo por baixo de tudo, o que faz com que os sentidos se agucem e ganhem intensidade, o mundo se sobrecarregue de um poder que não tem na vida comum.

Depois de uma semana, mais ou menos, eles completam a primeira volta. Em um vilarejo chamado Roma acampam no terreno de uma escola deserta, um prédio longo de arenito com pilares e arcos, e uma fileira escura de álamos atrás, um ambiente que pareceria roubado da Itália.

Também em Roma está o homem muito velho no restaurante de calçada, na hora do almoço. De onde vocês são, sorrindo sem dentes o tempo todo, ah África do Sul vocês acham que nós somos macacos vocês mantêm o Nelson Mandela preso. Quando ele lhe informa que Nelson Mandela saiu da prisão já faz três anos, o velho ri ruidosamente, jogando a cabeça para trás, vocês acham que somos macacos, Nelson Mandela está preso. Não está, não está, eu juro, por alguma razão ele quase tem vontade de chorar. O velho ri dele, com ódio. Deixe estar, diz Reiner, parecendo aterrorizado, ele não sabe, ninguém lhe contou, deixe pra lá.

No dia seguinte saem de Roma e seguem por estradas que os levam a montanhas altas. Até esse momento estiveram nas colinas ao pé do Drakensberg, mas agora os picos se alçam em linhas estranhas e fantásticas contra o céu. A estrada sobe e cai como um barco em mar agitado, dobra-se como um grampo de cabelo e forma circuitos elaborados no percurso de distâncias curtas. De tarde vem uma tempestade pesada. O céu sobre o longo vale se fecha, os raios são espetaculares. Eles se abrigam ao lado de uma casa e depois seguem, procurando um lugar plano para armar a barraca, mas não há nenhum, a estrada percorre a lateral do vale e só traz paredes íngremes para cima e para baixo. Quando a escuridão começa a cair, eles chegam a uma casa de missionários, e acontece de os padres serem alemães. Reiner trava uma conversa longa e amável, sorrindo e assentindo, parece inteiramente outra pessoa. Os padres dizem que não têm espaço, mas os encaminham à autoridade do vilarejo, e eles passam aquela noite no chão de lama de uma cabana, sussurros misteriosos vindo do teto de palha.

Reiner explica que os padres lhe contaram que a estrada em que estão termina não muito adiante. Dali vão ter que atravessar o campo bruto até a próxima estrada. Reiner tem um plano, olhe, diz ele, o que podemos fazer. Quer tentar uma longa caminhada no dia seguinte, a mais longa que fizeram até então, o caminho todo até Semonkong.

A essa altura, mesmo os acontecimentos mais triviais encerram algum tipo de busca por poder. Bem no início, dois anos atrás, quando se viram pela primeira vez na Grécia, pensavam-se como iguais. Naquela estrada solitária, cada um parecia uma imagem espelhada do outro. Talvez ambos pensassem que uma comunicação real era desnecessária, as palavras dividem ao multiplicar, o certo era a unidade por baixo das palavras. Mas agora eles se privam de falar porque isso pode revelar ao outro como eles são perigosamente diferentes. Uma imagem no espelho é um inverso, o reflexo e o original se unem, mas podem se cancelar.

Assim, há um conflito subjacente à viagem, um conflito que é quase outra viagem, uma batalha por ascendência que, à medida que passam os dias, começa a pressionar a superfície. Quando se levantam de manhã, Reiner pegou o hábito de se lavar, seja num rio, se há um rio, seja com a água das garrafas. Depois se seca e se senta em uma pedra, passando cremes e loções na pele, que escolhe em meio a uma seleção de potes e frascos. Em seguida tira uma escova de madeira que passa pelos longos cabelos, inúmeras vezes, até brilharem. Embora esse ritual se torne mais demorado a cada dia, chegando a levar meia hora ou até mais, Reiner sempre toma o cuidado de querer fazer a sua parte, espere um pouco que eu já ajudo você, deixe que a barraca eu desmonto, mas seu companheiro não aguenta olhar, é melhor se manter ocupado, fazer café, guardar a barraca, enquanto Reiner se enfeita. Quando partem, pouco depois, com frequência ele se sente engasgado de raiva ou irritação, e Reiner está tomado por uma satisfação presunçosa, os cachos marrons balançando sobre os ombros.

Um segundo ponto de conflito é o dinheiro. Ele vem mantendo um registro meticuloso em seu caderninho, ao qual Reiner parece indiferente. Sempre que param para comprar alguma coisa, há uma batalha silenciosa sobre o que vão escolher e quem terá permissão para consumi-lo. Reiner continua comprando chocolates, por exemplo, mas se eu quero alguma coisa costuma haver uma disputa, hum não sei, para que a gente precisa disso. E às vezes Reiner compra alguma coisa só para si mesmo, uma caixa de doces ou uma garrafa d'água, e espera que seu companheiro peça. O pedido é humilhante, o que Reiner sabe. Dinheiro nunca é só dinheiro, é um símbolo de outras coisas mais profundas. Nesta viagem, quanto você tem é um sinal de quanto você é amado, Reiner acumula o amor, distribuindo-o como um favor, eu sou interminavelmente roído pela ausência do amor, não ter amor é não ter poder.

De modo que nesse ponto da viagem há momentos de unidade e momentos de conflito, e no meio os longos espaços separados de caminhada, quando cada um está só. E mesmo nessa atividade eles não conseguem concordar. Não é suficiente que devam ir de A a B, eles têm que fazer isso em certo tempo, não é suficiente que devam seguir a estrada, eles sempre têm que subir até aquela pedra ou descer até aquela caverna, algo está sempre sendo medido, algo está sempre sendo imposto. De noite Reiner sempre se debruça junto ao mapa com uma tocha, somando os quilômetros que já percorreram, checando a distância em relação ao tempo.

Assim, quando ele diz que quer fazer a longa caminhada no dia seguinte, significa algo diferente para cada um deles.

Qual é a distância.

Uns sessenta quilômetros.

Em um dia.

A gente consegue.

Mas por quê.

Porque eu quero melhorar.

Ele entende que Reiner está tentando se contrapor a certas probabilidades, suas próprias limitações, as condições adversas. Neste esquema das coisas ele é mais uma resistência a superar, ele não gosta de ser visto assim e por isso diz, sim, está bem, podemos tentar.

Acordam bem antes do amanhecer. Quando começa a clarear, há muito já saíram da casa de barro da autoridade local e estão na estrada. Por boa parte do dia anterior estiveram acima da camada de floresta do vale, mas agora as montanhas se fecham de cada lado e a estrada cai, até que eles chegam a um vilarejo. A estrada termina aqui. Sentam-se por um tempo entre as casas e os jardins brutos, cabras pastando cordialmente entre as flores, galinhas bicando na sujeira. Em seguida partem, investindo em uma direção geral, esse deve ser o caminho. Têm que escalar para sair do vale, transpor as montanhas, a rota sobe e sobe. Estas são as paredes mais íngremes que já tiveram que encarar, nenhuma estrada poderia subir assim, o tempo todo eles têm que vasculhar a pedra com os pés à procura de um apoio. Há trilhas de quando em quando, trilhas que eles seguem e que os conduzem a vilarejos. Sim, mesmo aqui nestes vãos de precipícios estão aqueles aglomerados de cabanas redondas com uma área de terra seca no meio, os rostos espiando com curiosidade e espanto os estranhos que passam, pessoas vivendo toda a sua vida em uma pequena porção de terra, esquecidas de tudo o que há além. A memória é fragmentada e intermitente mais uma vez. Por que certas vistas, certos pedaços de um caminho, ficam tão profundamente marcadas na recordação, tão vividamente evocadas, enquanto outras desaparecem sem deixar rastro. Eu vejo os dois enfim escalando uma parede final até o cume pelado de uma montanha, há outros vilarejos no topo, campos de milho, mas bem à distância e ainda mais alto está a linha da estrada, talvez um carro passando como um brinquedo em uma pista, chegamos, veja, veja, estamos aqui.

Levam mais uma hora para chegar à estrada. Um profundo cansaço se instalou, eles se sentam junto a uma casa para descansar. Carros passam de quando em quando, eles podiam pegar uma carona, mas isso desvirtuaria o propósito, e em pouco tempo continuam. O céu hoje está impecável, um calor imenso os oprime. Chegam a uma loja na parte alta de uma encosta, agora não há mais vontade ou energia para prosseguir, eles se sentam na varanda de concreto do lado de fora, ele apaga por algum tempo, e só percorreram a metade do caminho.

Quando seguem é por uma trilha rural que se ergue para fora daquele platô populoso, e então chegam a um matagal alto e deserto privado de gente, nada se move exceto os dois, e bem pouco. Estão muito cansados agora. A subida implacável desde o início da manhã os esgotou, embora eles estejam descendo suavemente, músculos tensos até o limite, não há nenhum prazer nesse movimento. Nem mesmo Reiner está feliz. Não há placas ou casas, o mapa não consegue lhes dizer onde estão, eu só olho para a frente, procurando Semonkong, devemos estar quase lá, com certeza já vamos chegar lá, mas a cada curva a estrada se prolonga, desenrolando-se diante deles como o destino. Um homem com um enorme chapéu basuto montado em um burro fica para trás, sem lhes dar a menor atenção. A estrada cai, mais íngreme, eles estão descendo de novo do ponto mais alto desta cadeia de montanhas, o sol desliza para trás dos picos.

Do outro lado da exaustão há um estado de fraqueza tão aguda que deixa de importar onde se está ou o que se está fazendo. Esse estado cai sobre ele à noite, ele sente uma lassidão como o sono, mal consegue se equilibrar. Passa por um cavalo no campo, sob a lua cheia. Nenhuma outra imagem dessa jornada é tão rara e brilhante para ele, o verde da grama como plumagem reluzente, o animal sonhando em silêncio, de perfil, o círculo branco acima, como Deus. Com certeza agora eles precisam estar lá. Mas a noite plena cai, nenhuma luz em lugar nenhum, e eles seguem.

Já basta, diz para Reiner. Por que não paramos.

Aqui. Reiner olha em volta, mesmo seu rosto cansado e alquebrado parece tentado, mas ele não desiste. Devemos estar bem perto, já chegamos tão longe.

Na base das montanhas a estrada se torna plana, com certeza agora, com certeza agora, eles andam sem parar, pois se descansarem não se levantam mais, passam por uma represa, pássaros voam berrando à passagem deles, os gritos selvagens na noite são como a voz do chão clamando, parem agora parem, mas eles não param, a paisagem que passa de cada lado move-se agora por sua própria vontade, não tem nada a ver com a caminhada deles, longe acima as estrelas giram imperceptivelmente em seus próprios padrões crípticos, o círculo perfeito da lua rola como uma argola perdida e desaparece, em algum momento próximo da meia-noite eles chegam a uma subida e à frente deles estão as formas baixas e planas, as luzes esparsas e tristes da cidade. Um cachorro começa a latir, outro o acompanha, em uma onda de berros e uivos eles são vaiados pelas ruas, quem são esses andarilhos que surgem da escuridão.

Há uma placa. Eles seguem. Através da cidade até o outro lado. A estrada cai em um desfiladeiro e cruza um rio, eles chegam a uma área de acampamento com bangalôs espalhados, tudo na escuridão. Tocam uma campainha, alguém vem, eles estão cansados demais para armar a barraca e pegam um quarto, vão para a cama. Conseguimos, diz Reiner, sucesso, mas ele sabe sem chegar a pensá-lo que a corda foi esticada demais.

Descansam ali por uns dois dias. De manhã saem do bangalô e montam a barraca na grama. Há um cinturão de árvores e em seguida o rio, fluindo marrom como cerveja entre as pedras.

Mal falam agora. Ambos foram muito afetados pela longa caminhada, seus pés estão cheios de bolhas, os músculos doem, as alças das mochilas abriram feridas na pele. Mas suas reações a essa experiência são muito diferentes. Reiner parece rejuvenescido, o propósito para ele era superar sua fraqueza, e esse propósito foi alcançado, ele já está planejando a próxima etapa da jornada. Anuncia que eles podem andar talvez por um dia por uma estrada boa, que sobe a certo lugar. Entre esse lugar e o fim da segunda volta da caminhada há uma cadeia de montanhas sem uma boa estrada que a atravesse. Se eles alterassem o curso, se se desviassem um pouco para o sul, chegariam a uma estrada que os levaria direto para onde estão tentando ir, mas isso é fácil demais, vamos atravessar, diz Reiner. Em dois, três dias, estamos lá.

Eu, inerte, só olho o mapa.

Queria fazer caminhadas mais longas, diz Reiner. Como esta última. O que você acha. Arrumamos as coisas, fazemos uma longa caminhada, depois descansamos por alguns dias.

Ele assente, dá as costas, algo dentro dele está acabado. O cansaço da longa caminhada não deixará seu corpo, um entorpecimento deslizou para dentro de seus ossos. Passeia em volta do acampamento, tentando se reavivar, pensa sobre tudo e não resolve nada, lava suas roupas no rio e as estende sobre as pedras para que sequem. Depois se senta ao sol, ouvindo a água, lendo. Em um quarto estranho você tem que se esvaziar para dormir. E, antes de você estar vazio para dormir, o que você é. E quando está vazio para dormir, você não é. E quando está tomado pelo sono, você nunca foi. As palavras lhe vêm de muito longe. Ele abaixa o livro e observa alguns insetos peculiares de pernas longas na superfície do rio, lançando-se freneticamente de um lado para o outro, levando a vida toda em um espaço de um ou dois metros, sem saber nada sobre ele e seus problemas, mesmo agora não têm consciência de que os está observando, para ele a alteridade dos insetos é completa.

O proprietário do camping é um homem gordo chamado John. Ele conta sobre uma vista espetacular que se pode ter depois de uma caminhada de uma hora e meia, não percam, recomenda, é uma coisa e tanto. Quando chegam lá é assim mesmo, a vista é impressionante, o mesmo rio ao lado do qual estão acampados cai por um desfiladeiro e desaparece no espaço. Ele se deita de bruços e espreita pela borda. A queda se prolonga e se prolonga, estonteante, vertiginosa, nela a gravidade se compõe de um desejo secreto de morte.

Quando se afasta arrastando-se e fica de pé, vê Reiner a pouca distância, sobre uma rocha à beira do desfiladeiro, debruçado sobre o abismo. O que passa por sua mente, então, por um átimo, sem palavras, é a urgência de empurrá-lo, um ínfimo movimento das minhas mãos e ele se foi. De onde se origina, esse pensamento de assassinato que vem à tona de forma tão casual em meio aos escombros cotidianos do meu cérebro, e em seguida se desvanece.

É nessa direção que temos que caminhar, diz Reiner. Amanhã.

Ah.

Quando continuarmos, quero fazer uma caminhada noturna. Partimos quando escurecer, seguimos a noite toda.

Podemos tentar, diz ele.

Assim, na tarde seguinte eles partem juntos no último raio de luz, quando uma chuva fina começa a cair. Desaparecem na escuridão, entrando também em um buraco da memória, a próxima imagem de que disponho é dos dois, em plena luz do dia mais uma vez, escalando montanhas. Abandonaram a estrada e se dirigem mais para oeste. Neste dia quente como de hábito, as duas figuras minúsculas seguem caminho acima, sempre acima, por entre rachaduras, fissuras, campos, pontais, passando por povoados e pequenos rios, densos bosques e matas, dirigindo-se ao topo da cadeia, de onde poderão começar a descida. Reiner é quem os conduz adiante. Chove nessa tarde, um aguaceiro breve e intenso, mas o calor não se desfaz. O vapor se ergue por todo lado, como se a terra estivesse ardendo, e no fim da tarde o ar está tenso e elétrico e quente.

Tudo parece acontecer muito rápido, convergindo em direção a um ponto. Eles chegam a algo que parece o teto do mundo justo quando a noite começa a cair, com um desfiladeiro vertiginoso bem diante deles e filas e mais filas de montanhas ondulando à distância. A escuridão desce estranhamente rápido e, quando olham para a frente, descobrem por quê. Rolam daquela direção, vindo de pontos distintos do horizonte, duas tormentas maciças, e se pode prever que seus rumos colidirão onde eles estão agora. As frentes escuras das nuvens são impenetráveis, o sol já está obscurecido.

É tarde demais agora para refazer os passos, ou para encontrar um lugar mais baixo onde se abrigar. Faltam apenas alguns minutos para que as tormentas se encontrem, tempo que só lhes servirá para montar a barraca, e eles começam a remexer freneticamente traves, estacas e alças. O vento aumenta e vem no ar um cheiro estranho, como de metal. O som de trovões se repete e se repete. Eles erguem a barraca e guardam as mochilas dentro, e depois se apressam nos arredores procurando pedras para prender ao solo as bordas de lona.

A essa altura os contornos do mundo já são instáveis e oscilantes, e é como se eles estivessem se precipitando pelo espaço. Com um olho calmo em algum lugar em seu cérebro ele observa o quanto estão expostos e isolados nessa protuberância pequena e única na coroa pelada da montanha. Os raios, ele pensa, precisamos nos livrar dos metais. Por um ou dois minutos vasculham as malas, juntando todo metal que possam encontrar. Carregados de talheres, canivetes e braceletes, apressam-se em jogar a pequena e lamentável pilha de prata entre os arbustos agitados, correndo de volta. Fará alguma diferença, essa precaução ridícula, as estacas ainda estão presas ao chão, também metálicas, e é tarde demais para fazer algo quanto a elas. Voltam a entrar na barraca quando a tempestade começa a fustigar.

Nenhuma força humana o preparou para a violência tão forte e impessoal. Vento, chuva, ruído. O chão treme. Entre os raios e trovões o intervalo é ínfimo, e cada vez menor. Em seguida já não há mais intervalo e o centro de poder está bem em cima deles.

Por alguma razão essa imagem resume tudo, é a esse momento que todo o resto levou, ele está deitado de bruços no fundo da barraca, como um pedaço de madeira, uma pedra, a cabeça pressionada contra o chão e as mãos tapando os ouvidos. Agora, ele pensa, vai acontecer agora, agora, agora, enquanto Reiner está deitado para o outro lado, de cabeça erguida, abrindo um pouco as abas da entrada para poder espiar, com aquela expressão irritada de uma criança brava, o mundo que ruge e se acende como ao meio-dia.

A manhã desponta perfeita e sem nuvens. Ele acorda cedo e se arrasta para fora, para a calma. Os arbustos estão prateados pela umidade, as montanhas se mostram claras e nítidas contra o céu azul. No ar limpo o olho viaja com poder telescópico pelos detalhes mínimos do horizonte. Eles estão muito alto.

Reiner emerge um pouco depois e olha em volta. Hmm, diz ele. Acho que vou dar uma volta. Afasta-se em direção ao desfiladeiro.

Enquanto ele espera por Reiner, acende o fogareiro para fazer chá e inspeciona o estrago da noite anterior. Algumas das cordas se soltaram, algumas das pedras rolaram, mas fora isso a barraca está segura. Mais que qualquer outra coisa, o peso deles deve tê-la mantido no chão.

Como Reiner ainda não voltou, ele se mantém ocupado tirando as mochilas da barraca. Começa a arrumar tudo. Isso leva mais tempo do que de costume por causa de toda a lama e a sujeira, e quando a lona já foi enrolada e guardada ele não consegue encontrar as estacas. Elas afundaram na terra molhada e desapareceram.

Reiner reaparece, caminhando a passos largos entre os arbustos. Seu silêncio diz que se sente em casa aqui, na torre do mundo, entre tempestades e picos.

Não consigo encontrar todas as estacas.

Hum, faz Reiner. Serve-se de um pouco de chá e vai sentar-se numa pedra, perscrutando a distância intensamente.

Ele cava a lama durante algum tempo, depois vai procurar os metais que jogaram ali perto na noite anterior. Não se lembra de onde os deixaram, nada hoje tem a mesma aparência que tinha na escuridão. Por fim um lampejo metálico chama sua atenção, e ele carrega a sacola de volta para guardá-la. Reiner observa e diz, você estava com medo dos raios.

Sim. E você por acaso não.

Ele nega com a cabeça e toma um gole de chá.

Eu faço o café da manhã. Reiner joga fora o resto do chá e se aproxima para comer. Não conversam e há entre eles uma tensão profunda, reminiscência da excitação elétrica da tempestade. Reiner come devagar, pensando e observando, e ainda está ocupado quando seu companheiro termina. Ele se impacienta com a demora e vai procurar de novo as estacas sumidas. Quando volta a olhar, Reiner está empoleirado em uma pedra, sem camisa, passando creme na pele.

Não quer me ajudar a procurar.

Estou ocupado, diz Reiner.

Ocupado.

Ele volta e recolhe os pratos e talheres sujos. Guarda-os na mochila e, a essa altura, Reiner já terminou de passar creme e começou a pentear o cabelo. A escova treme, as escovadas seguem, repetitivas e irritantes.

Ele sai para escovar os dentes. Quando volta, Reiner terminou de se pentear e está vestindo a camiseta. Em seguida, também põe pasta na escova e se afasta.

Volta poucos minutos mais tarde em passo rápido e eficiente. Pronto, diz, vamos.

Ainda não encontramos todas as estacas.

O quê.

As estacas.

Reiner estala a língua com irritação, suspira. Vai até a área plana onde a barraca estava e vasculha com os olhos a terra repisada. Depois de alguns instantes, diz, deixe aí.

O quê.

Deixe aí. Usamos outra coisa.

A barraca não é minha. Tenho que cuidar dela.

Bom, sumiram. Eu não consigo achar. Venha, já perdemos tempo demais esta manhã.

Ele olha para o outro, e de um lugar bem interior as palavras começam a viajar enfrentando grande resistência, e ele diz, você não fez nada.

O quê.

Você não fez nada. Eu que fiz tudo esta manhã. Quero procurar as estacas.

Reiner solta de novo o mesmo estalo de impaciência, e expressivamente atira para trás os longos cabelos. Sem uma palavra levanta sua mochila e parte pela trilha que vinham seguindo. O que foi deixado para trás assiste espantado ao outro que vai, sua figura escura encolhendo rápido até desaparecer. Então, guarda a barraca na mochila e começa a segui-lo.

De início a trilha faz várias curvas e viradas, seguindo o contorno da montanha, ele não consegue ver muito à frente, mas depois que contorna a lateral da montanha a descida se abre e revela um longo caminho a percorrer. Agora ele pode ver Reiner ao longe, uma figura minúscula, movendo-se rápido e sem olhar para trás. Tenta se apressar, mas está cansado, pesado. Carrega mais do que sua parte, é função de Reiner carregar a barraca mas ele foi embora sem ela, ao fim tudo está ruindo por umas poucas estacas perdidas e o peso de uma barraca.

Depois de certo tempo ele deixa de tentar alcançar Reiner. Quando chegam ao outro lado da montanha, tem a vista completa da trilha que segue, depois faz uma curva fechada à esquerda e desce em direção a um rio. Reiner está longe, próximo à curva. A trilha não faz um traçado direto, e ele vê que, se sair da trilha aqui e cortar caminho pela ladeira íngreme, pode chegar ao rio antes de Reiner.

Sai para a esquerda, derrapando entre arbustos e pedras soltas, tentando manter o equilíbrio. Pelo canto do olho observa Reiner, vê que ele se apressa quando nota o que está acontecendo, tentando manter a liderança, depois voltando a desacelerar quando percebe que não conseguirá. Tudo isso acontece sem reconhecimento mútuo.

Cambaleante e batalhando, ele chega ao fim da descida e volta à trilha na frente de Reiner. Agora pode relaxar. Passeia junto ao rio, tira a mochila das costas e se senta para esperar. A água é rasa mas rápida. Pedras foram posicionadas para que se possa saltar de uma a outra para atravessar. Pouco acima da crista de uma subida, do outro lado, veem-se os pontudos telhados de cabanas, uma fina linha de fumaça cortando o céu.

Em poucos minutos Reiner chega. Não se encaram. Ele para, olhando em volta, tira a mochila e se senta. Não falam. Os dois olham em silêncio na mesma direção, não muito distantes um do outro. O barulho da água subjaz à cena. Ambos estão calmos, e fica entendido que seguirão juntos a partir desse ponto.

Quando partem de novo é Reiner quem se move primeiro, levantando-se, alongando-se e recolhendo a mochila. Ele também se levanta e se prepara, imitando Reiner. É como se estivessem em lugares diferentes, nenhuma palavra foi dita.

No meio do caminho, ele escorrega em uma pedra e cai. Não se machuca, só se molha e se humilha. Reiner já está seguro do outro lado e se vira para olhar por um segundo. Não ri, mas é como se estivesse rindo. Não espera, não para, me deixa ajoelhado na água e segue, em meio minuto desaparece atrás da ladeira.

Eu me levanto, ando até o outro lado. Perscruto por um segundo a trilha vazia, pensando, ele foi embora de novo, ele foi embora de novo. Depois sigo. Abastecido agora por uma fúria que o torna glacialmente calmo, todas as palavras não ditas girando em sua boca como fumaça, os membros quentes por todas as coisas que não fez.

Passando a ladeira vê Reiner sentado em um tronco, sorrindo ao observar as crianças da vila, que brincam na grama alta à sua volta. Sorrindo e sorrindo.

Ele se aproxima e pergunta, por que você não esperou.

Reiner ergue os olhos, sobrancelhas elevadas, seu rosto expressando uma interrogação paciente.

Quando eu caí agora mesmo. Na água. Por que você não esperou. Eu esperei você.

Vamos discutir isso, diz Reiner. Só que mais tarde.

Vamos discutir agora.

A última palavra, o agora, está carregada de uma voltagem que surpreende a todos. As crianças, que não entendiam o significado daquele diálogo aparentemente calmo, de repente ficam em silêncio e se afastam, apreensivas.

Vamos discutir, diz Reiner, mas não nesse tom de voz.

Seu próprio tom é desdenhoso e entediado, é como se um cheiro ruim houvesse passado embaixo de seu nariz, ele olha para o companheiro e depois para as crianças e sorri.

O que acontece em seguida eu também estou olhando, sou um espectador do meu próprio comportamento, abrindo a mochila, tirando coisas e atirando-as. Palavras também saem da minha boca, igualmente agarradas e atiradas, incoerentes e sem combinar, suas trajetórias colidindo, você acha que eu gosto de andar com você eu não gosto você pode andar sozinho de agora em diante você está sozinho me ouviu como você pode me tratar assim aqui pegue isto vai precisar disto e disto e disto, atirando as bombas de gás, o colchonete, facas e garfos, rolos de papel higiênico, latas de comida, e disto e disto e disto.

Os objetos voam e caem no chão e ricocheteiam. Reiner os observa com um desapego divertido, ai meu Deus olha toda essa loucura que infeliz. Não se move. Parece que vinha esperando por esse momento desde o princípio, embora o mais provável seja que na verdade essa é a última coisa que ele esperaria.

Depois que o furor acaba, ele fecha a mochila e a levanta, começa a se afastar. É difícil acreditar que esteja fazendo isso, parte de si quer que o chamem, e por isso para quando ouve a voz de Reiner.

Ei.

Ele se vira. Reiner está andando em sua direção. Se oferecer uma só palavra de desculpa, se conceder ainda que a mais ínfima humildade, eu vou ceder. Mas Reiner é rígido e orgulhoso demais. Entretanto o que ele de fato faz é até mais estranho.

Tome, diz. Você vai precisar disto.

Está estendendo uma nota de cinquenta rands.

Ele não tem dinheiro, nem um centavo, mas em sua fúria estava disposto a ir embora sem nada, e mesmo agora hesita. Mas então sua mão aparece, ele pega o dinheiro, essa é uma despedida amarga.

Tchau.

Tchau.

Ou talvez não haja palavras de despedida, nada tenha sido dito, é, é mais provável assim, cruzam um último olhar e dão as costas um ao outro. Ele começa a andar numa direção que espera, a julgar pelo sol e por seu instinto, ser o leste. Quando chega ao topo da montanha, olha para trás e Reiner já recolheu todos os objetos e as peças e está indo na outra direção, oeste. Assim, numa certa manhã vão se afastando um do outro nas altas montanhas, observados por crianças que brincam em um gramado.

Em meia hora começa a se arrepender. Agiu com paixão, não pensou, não é justo abandonar alguém assim. Mas de imediato vozes de resposta clamam, o que mais você podia ter feito, ele merecia ser abandonado. Para, senta e pensa, segurando a cabeça com as mãos. Tenta considerar suas opções. Mas que opção poderia ter se mesmo que tentasse alcançar Reiner não haveria como saber onde ele está em meio a essas montanhas, e se chegasse a encontrá-lo, que probabilidade existiria de conseguirem resolver essa briga. Ele sabe até a medula dos ossos que Reiner não perdoa.

Por isso pega a mochila e segue, andando agora mais rápido e mais leve do que há vários dias. Continua indo para o leste, tentando voltar a Semonkong. Sempre que chega a qualquer lugar habitado, um povoado ou uma loja, para e pergunta, e invariavelmente existe alguém que sabe o caminho. Em dado lugar, um jovem tranquilo de avental azul insiste em ir como guia, andando por quilômetros ao lado dele, sem conversar, apenas sorrindo com timidez sempre que ele pergunta qualquer coisa. O jovem o conduz à boca de uma ravina que se abre entre as montanhas. Há uma trilha que desce e ele aponta, por aqui Semonkong, sorrindo e balançando a cabeça.

Não tem dinheiro para lhe dar, só a nota de cinquenta rands, mas o jovem não parece esperar nenhum pagamento, aceita o aperto de mão com alegria e assiste à partida daquele estranho viajante. As paredes de pedra se erguem de ambos os lados, a ravina parece desprovida de gente, mas pouco adiante um pastor, invisível e muito acima de sua cabeça, começa a gritar para ele as mesmas frases que ele já ouviu antes, aprendidas instintivamente na escola, olá olá como vai você. Tenta olhar, mas não vê ninguém. Olá eu te amo, a voz grossa grita, ecoando surreal nas paredes do desfiladeiro, eu te amo eu te amo olá.

Perguntando e caminhando, ele consegue chegar de volta a Semonkong nessa mesma noite. É uma conquista, ele percorreu o trajeto de dois dias em um só, mas talvez sua rota seja mais direta, e o peso que carrega é decerto menor. O gordo John parece confuso de vê-lo de volta tão cedo, você não saiu dois dias atrás, e onde está o outro cara, o alemão. Nós brigamos nas montanhas, decidimos nos separar. John permite que ele acampe ali por uma noite pela metade do preço habitual, é atencioso, mas desconfiado, talvez ele tenha assassinado seu companheiro nas montanhas. De manhã John vem e sugere, está vendo aquela garota ali, está indo de carro para Maseru hoje, talvez ela possa lhe dar uma carona.

A garota é uma mulher de vinte e quatro ou vinte e cinco anos, uma americana trabalhando em algum projeto assistencialista no Lesoto. Não fica contente em ajudar, pode ver por sua expressão, mas aceita, ele vai ter que ir no banco de trás com alguns dos colegas dela e uma pilha de caixas que ela tem que descarregar. Sim sim não tem problema como for está bem. Ele entra com os demais e fica ouvindo-os discutir e xingar uns aos outros. Estão juntos há tempo demais naquelas terras, ele consegue perceber certo tom em suas vozes, já é hora de voltarem para casa.

Hoje ele mesmo está se sentindo abalado e vazio, não consegue de fato assimilar o término abrupto dos acontecimentos, fica revivendo em sua mente a cena do dia anterior. Fecha os ouvidos para a conversa ao redor e olha pela janela o campo que passa. É estranho estar vendo em reverso todo o panorama estendido da longa caminhada que fizeram poucos dias atrás, neste ponto descansamos, foi ali que eu vi o cavalo, aqui foi que voltamos à estrada.

Chegam a Roma no fim da manhã. É lá que as caixas têm de ser descarregadas, ele vai com os outros à área gradeada onde elas são armazenadas, ajuda a carregar as caixas e espera na sombra até que terminem o trabalho. Pode perceber que os outros o consideram estranho e distante, seu silêncio é uma excentricidade para eles, mas não é capaz de achar as aberturas sociais mais apropriadas, ele está sozinho.

Demora horas até que voltem a partir, e depois mais uma hora e pouco até Maseru. Ela o deixa na periferia da cidade, está indo para outro lugar e não pode se desviar para levá-lo mais perto, mas ele é efusivo em seu agradecimento. Adeus, adeus. Com a mochila nas costas sai percorrendo mais uma vez a interminável rua principal.

Quando termina de atravessar os dois controles de fronteira, já é fim de tarde. Agora, de repente, é jogado de volta à realidade física de sua situação, que não é boa nem confortável. Em algum momento do último dia decidiu subir para o norte, ir para Pretória, onde vive sua mãe, porque é mais perto e mais fácil do que a Cidade do Cabo. Mas agora que está enfim largado à beira da estrada com o sol vermelho caindo à sua frente, não faz nenhuma diferença qual é seu destino. Usou vinte rands com o camping e a comida, tem trinta rands com os quais deve viajar seiscentos quilômetros. E esta não é a paisagem benevolente e deserta do

Lesoto, esta é uma região fronteiriça da África do Sul, carros e vans passam continuamente, uma torrente de pessoas sobe e desce pela estrada, ele é uma figura curiosa e isolada, vulnerável em sua solidão. Tem uma discreta expectativa de voltar a ver Reiner.

Tenta pegar uma carona, mas ninguém para. Não são muitas as pessoas negras com carros, e de qualquer forma elas mal olham para ele, e mesmo as famílias brancas, os casais ou as mulheres solteiras com joias e altos penteados, que vêm de Bloemfontein aos cassinos para umas poucas noites selvagens de apostas, olham para ele com desconfiança ou desdém ao passarem com o queixo erguido. Talvez ele pareça sujo ou desalinhado, decerto não tem a mesma aparência que eles, um halo de perigo o circunda. Quando anoitece e a temperatura começa a cair, seu desespero é como mais uma camada de roupas. Não tem onde dormir, nenhum lugar seguro onde montar a barraca, voltaria a cruzar a fronteira se isso ajudasse, mas estaria igualmente solitário do outro lado.

Quando já está quase completamente escuro, um micro-ônibus se aproxima, o motorista gritando o destino pela janela, Jo'burg, Jo'burg. Joanesburgo é perto de Pretória, ele tem amigos com os quais pode ficar, é tão bom quanto ir para casa, sim por favor, ele grita, sim. O motorista olha para ele e para. Quanto.

Setenta rands.

Só tenho trinta.

O homem sacode a cabeça. Não posso ajudar você.

Por favor.

Desculpe.

Está começando a trocar de marcha para seguir quando eu ofereço, você pegaria trinta rands e meu relógio.

O motorista volta a olhar para ele, quem é esse branquelo maluco, estende a mão. Ele tira o relógio e o passa pela janela. Suspeita de que o homem possa simplesmente ir embora nesse instante, o que ele poderia fazer para impedir, mas o outro apenas examina o relógio e dá de ombros, suba.

O micro-ônibus está vazio, mas o motorista, cujo nome é Paul, só o leva por um trecho curto de estrada até uma grande árvore morta sob a qual todos os outros passageiros esperam. Ele é o último a subir, e o único branco entre eles. Não é como os ônibus urbanos com que está acostumado, onde todo mundo se mistura e convive, aqui ele é o estranho, ninguém fala com ele. Mas Paul vai com sua cara, venha sentar aqui na frente, sugere, a estrada arremete contra eles, azul e violenta, debaixo de chuva o caminho inteiro.

À meia-noite ele desce em uma calçada de Hillbrow, as luzes da cidade à sua volta como um fogo amarelo, sem calor. Aperta a mão de Paul, que vai dirigir de volta ao Lesoto para buscar uma nova carga de passageiros. Observa o micro-ônibus desaparecer, suas lanternas traseiras se misturando com todas as outras luzes movediças, e em seguida os passageiros se dispersam em direções diversas, em meio à turba, vidas reunidas por um instante e em seguida desunidas.

Fica em Pretória por algumas semanas. Só de vez em quando pensa em Reiner. Depois se pergunta onde estará e o que andará fazendo. Em algum lugar de sua mente presume que Reiner deve ter feito o que ele fez, andado firme e rápido para longe das montanhas e viajado de volta à Cidade do Cabo. A viagem pelo Lesoto era algo que estavam fazendo juntos, ele certamente não iria querer continuar sozinho.

Um dia, por impulso, liga para vários amigos na Cidade do Cabo. Quer saber se por acaso viram Reiner, se ele reapareceu, se passou por ali. Não, ninguém o viu, ninguém ouviu uma palavra. Mas o que aconteceu, seus amigos querem saber, o que deu errado. Ele tenta explicar, mas tudo coalha e coagula em sua língua. Até agora ele não teve pontadas de real consciência, mas sente que elas começam quando ouve a incredulidade na voz de um de seus amigos, foi isso mesmo o que você fez, você deu meia-volta e o deixou para trás no meio das montanhas. Sim foi isso que aconteceu mas você não entende.

Sim foi isso que aconteceu. Agora sente estranhas agonias de inquietude, talvez o fracasso não tenha sido mútuo como ele construiu em sua mente, e sim algo que só pertence a ele. Se eu tivesse feito isso, se eu tivesse dito aquilo, no fim você sempre é mais atormentado pelo que não fez do que pelo que fez, ações já realizadas sempre podem acabar sendo racionalizadas, a ação negligenciada podia ter mudado o mundo.

Depois de mais ou menos um mês ele volta à Cidade do Cabo. Não tem nenhum lugar onde morar e precisa recomeçar a procura. Enquanto isso, vai ficando com diversos amigos, morando mais uma vez em quartos vagos, mudando-se constantemente. Sua atenção deslocou-se dos acontecimentos recentes aos problemas do presente. Não pensa em Reiner com tanta frequência. A essa altura imagina que o outro já tenha voltado para a Alemanha, já esteja levando aquela vida sobre a qual se mostrava tão reservado, odiando-me a distância.

Mas Reiner reaparece de repente, sem avisar, em um dia qualquer. Durante todo esse tempo, enquanto ele estava em Pretória e depois tentando se restabelecer na Cidade do Cabo, Reiner estava no Lesoto. Permaneceu apegado ao projeto deles. Perdeu muito peso, as roupas estão frouxas em seu corpo, ele está fraco e esgotado. Passou o tempo caminhando, conta, embora nunca venha a revelar aonde exatamente foi e o que fez.

Mesmo essas escassas informações vêm de segunda mão, por referências indiretas. Antes de partirem ele havia apresentado Reiner a um amigo que morava no mesmo prédio. Agora esse amigo liga para dizer que Reiner bateu em sua porta no dia anterior, parecendo cansado e horrível, sem ter aonde ir. Queria saber se podia ficar lá por uma semana, até seu voo de volta para casa. É claro que aceitara, é só por alguns dias.

Ele fica por três meses. Dorme no sofá da sala, quase sem sair, a princípio mal se movendo pelo apartamento. Está em muito mau estado. Sofre de várias doenças com sintomas alarmantes, tem febres muito altas, glândulas inchadas, algum tipo de infecção por fungos na língua. O amigo o leva a dois médicos, que prescrevem antibióticos, mas as doenças não parecem sarar e Reiner não mostra interesse em partir.

Todas essas informações chegam por meio do amigo, pelo telefone ou em pessoa. Durante todo o tempo que Reiner passa ali, ele não vai nem uma vez ao apartamento, não quer ver Reiner, não quer falar com ele. Na verdade está chocado com a reaparição, em sua mente o episódio já foi relegado ao passado, esse retorno parece quase pessoalmente dirigido contra ele. Mas sente um fascínio pela presença tão próxima, faz interrogatórios constantes sobre ele, quer saber o que aconteceu desde a última vez que o viu. Muito pouco é acessível. Mas fica sabendo pelo amigo que Reiner está tão fascinado quanto ele. Pergunta sobre mim, aonde fui, onde estou. Às vezes esbraveja contra mim. Por quê, ele quer saber, por que eu fui embora daquele jeito, as coisas estavam tão bem entre nós, o que deu na cabeça dele.

Ele se vê protestando, pergunte a ele, ele sabe por que aconteceu aquilo, o amigo escuta com compreensão mas também com alguma dúvida, pode ver em seu rosto que ouviu outra versão das coisas pelas palavras de Reiner, a segunda história, não escrita aqui. As duas histórias estão em disputa, nunca se reconciliarão, ele quer discutir e explicar até que a outra história desapareça.

Às vezes parece que Reiner nunca irá embora. Vai ocupar aquele sofá no canto da sala, assim como vai ocupar um canto de sua vida, para sempre. Mas por fim ele consegue se recuperar. Desvencilha-se de algumas das doenças, começa a comer bem, ganha um pouco de peso. Sai por aí mais uma vez, andando pelas ruas. Misteriosamente recebe dinheiro vindo de outro continente, e enfim confirma a data de sua passagem para casa.

Durante todo esse tempo, ele despende uma grande energia e um grande esforço evitando o alemão. Mas há duas ocasiões em que se esbarram. A primeira acontece em um dia qualquer, no mais comum dos lugares. A essa altura ele já se mudou para um apartamento próprio, não muito longe de onde Reiner está. Vai ao correio uma manhã para mandar algumas cartas, mas à medida que se aproxima da entrada tem uma percepção clara e súbita de que Reiner está ali dentro. Não entre, ele está ali. Congela, mas depois quer saber se sua premonição estava certa. Cruza a porta, é claro, e eles se olham pela primeira vez em meses. Reiner está na fila, esperando, e, embora ele hesite por um instante, acaba indo para o fim da fila. Seu coração bate forte e as palmas das mãos suam. A fila faz uma curva de cento e oitenta graus em torno de si mesma e Reiner está na outra metade, de modo que os dois estão se aproximando uma posição por vez. Um passo, um passo, outro passo. Quando a próxima pessoa for atendida, eles estarão frente a frente, a um braço de distância, tão próximos quanto ficavam quando estavam deitados na barraca. Ele quer sair correndo, mas não tem coragem.

Então, Reiner dá meia-volta, passa por cima da corda e sai. Eu tremo com uma estranha sensação de vitória.

A segunda e última ocasião acontece algumas semanas mais tarde, de noite, na rua. Ele fora visitar amigos e está andando de volta para casa, sozinho. Acha-se rente a um longo muro em curva e vê duas pessoas andando em sua direção. Percebe que o de fora, mais perto dele, é Reiner, e que está com uma mulher que ele não conhece. A mulher é quem fala, entretida com a conversa, enquanto Reiner escuta, mas o choque se registra em seu corpo quando ele ergue o olhar. Se estivessem ambos sós, talvez um deles atravessasse a rua para se afastar, ou quem sabe dessa vez eles parassem para ter uma conversa. Oi. Oi. Tudo bem. Mas a presença estrangeira da mulher é como uma distância e um silêncio entre eles, e só se olham enquanto passam rentes em suas trajetórias curvas, e quando estão quase no mesmo ponto Reiner sorri. É o velho sorriso sardônico, dizendo tudo sem dizer nada, os cantos da boca se levantando na máscara rígida do rosto, e em seguida sumindo. Ele não olha para trás e tem quase certeza de que Reiner também não.

Depois vai embora. Meu amigo liga para dizer, bom, Reiner partiu ontem à noite, e com essa única frase a história inteira termina. Ele espera por algum acontecimento posterior, não sabe o quê, uma ligação, uma carta, para resolver as coisas, mesmo que ele próprio não queira travar contato. Em algum momento percebe que o silêncio, a suspensão, é a única forma de resolução que esta história particular jamais terá.

Talvez quando duas pessoas se encontram pela primeira vez todas as variações possíveis do destino estejam contidas em suas naturezas distintas. Esses dois se sentirão atraídos um pelo outro, aqueles dois se repelirão, a maioria passará com mera polidez e um leve desvio de olhar para então seguir em frente. O que aconteceu entre ele e Reiner foi amor ou ódio, ou outra coisa com um nome qualquer. Eu não sei. Mas é assim que acaba. Algum tempo depois, limpando a escrivaninha quando está de mudança mais uma vez, encontra o caderno onde Reiner escreveu seu nome e seu endereço muito tempo atrás na Grécia, e após olhar por um instante aquela letra minúscula e estreita acaba jogando fora o caderno. Depois pega também as cartas de Reiner, um grande maço, e as atira no cesto. Não é vingança, e nada mais vai se seguir. Mas, embora mal pense de novo em Reiner, e quando o faça seja sem arrependimento, ainda há vezes, caminhando sozinho por uma estrada rural, em que não se surpreenderia se visse uma figura escura à distância, vindo em sua direção.

DOIS

O amante

Alguns anos depois ele está a passeio no Zimbábue. Nenhuma intenção ou razão particular o trouxe até aqui. Certa manhã, por impulso decide partir, compra uma passagem à tarde, pega um ônibus à noite. Tem em mente a ideia de viajar por aí por duas semanas e depois voltar.

O que está procurando, ele mesmo não sabe. A esta distância, seus pensamentos se perderam para mim, e no entanto posso explicá-lo melhor do que meu eu do presente, ele está enterrado embaixo da minha pele. Sua vida é sem peso e sem centro, por isso ele sente que poderia voar para longe a qualquer momento. Ainda não constituiu uma casa para si. Todos os seus poucos pertences estão mais uma vez em um depósito, e ele passou meses naquele seu velho estado, vagando de um quarto vazio para outro. Começa a parecer que nunca viveu de outra forma, e que nunca vai se estabelecer. Algo nele mudou, parece não conseguir se ligar direito com o mundo. Sente isso não como um fracasso do mundo, mas como uma maciça falha em si mesmo, algo que ele gostaria de mudar mas não sabe como. Em seus momentos de maior clareza pensa que perdeu a capacidade de amar, pessoas, lugares ou coisas, mais que nada a pessoa, o lugar ou a coisa que ele é. Sem amor nada tem valor, nada pode importar muito.

Nesse estado, viajar não é uma celebração e sim uma espécie de luto, um modo de desaparecer. Ele se desloca de um lugar para outro não conduzido pela curiosidade, mas pela angústia entediada de ficar parado. Passa alguns dias em Harare, depois desce para Bulawayo. Faz as coisas obrigatórias requeridas aos visitantes, vai a Matobo e vê a tumba de Cecil John Rhodes, mas não é capaz de produzir aquele respeito necessário ou o desdém ideológico, preferiria estar em outro lugar. Se eu estivesse com alguém, pensa, com alguém que eu amasse, aí sim poderia amar o lugar e mesmo a tumba, e me sentiria feliz por estar aqui.

Pega o trem noturno para as Cataratas Vitória. Fica deitado em sua tarimba, ouvindo a respiração de estranhos que se empilham em cima e embaixo dele, e pela janela vê vilas e outros trilhos fluindo na escuridão, o contorno de pessoas, gado e folhas estampado em silhuetas contra a noite solitária, ficando para trás, para fora de sua vista no passado. Por que fica mais feliz em momentos como esse, o observador escondido na escuridão. Não quer que o sol nasça ou esta específica jornada acabará.

De manhã chegam ao fim da linha. Sai com sua única mala e anda pelo camping. Mesmo cedo o ar é pesado e úmido, folhas verdes queimam com um ardor reluzente. Há outros viajantes em volta, em sua maioria são mais novos que ele. Ele arma a barraca no meio do camping e desce para ver as cataratas.

É incrível ver o volume e o poder de tanta água caindo interminavelmente no abismo, mas parte dele está em outro lugar, em algum lugar mais alto e à direita, olhando para baixo e de esguelha não apenas as cataratas, mas também ele próprio ali, em meio à gente. Essa parte dele, a parte que observa, já está ali há algum tempo, e nunca chega a ir embora totalmente. Durante os próximos dias ela o vê mantendo-se ocupado, vagando pelas ruas e entre uma loja de curiosidades e outra, fazendo longas caminhadas pelos matagais circundantes. Observa-o com espanto quando ele vai fazer um rafting no rio, o vê deitado a céu aberto próximo à barraca para se refrescar à noite, perscrutando o vidro estilhaçado do céu. E, embora ele pareça contente, embora converse com as pessoas e sorria, a parte que assiste não se deixa enganar, sabe que ele quer seguir adiante.

No terceiro ou quarto dia ele vai nadar em uma das piscinas do hotel. Depois se senta a uma mesa perto de um bar para tomar uma bebida e aos poucos sua atenção recai sobre um grupo de pessoas que está por ali. Todos carregam suas mochilas, estão prestes a partir. São uma mescla estranha, um pouco desconfortáveis uns com os outros, um inglês rechonchudo com sua namorada, um dinamarquês loiro, duas garotas negras mais jovens que se sentam juntas, sem conversar. Ele reconhece uma irlandesa robusta que o acompanhou no rafting dois dias atrás e resolve conversar com ela. Para onde vocês todos estão indo.

Malaui. Vamos pela Zâmbia. Talvez ela veja algo no meu rosto, porque depois de um momento ela pergunta, quer vir junto.

Ele fica parado, pensando por um instante, e então responde, já volto.

Corre loucamente do hotel ao acampamento e desmonta a barraca. Quando volta, senta-se entre seus novos companheiros, ofegante, corroído pela dúvida. Pouco depois chega o homem que estavam esperando, um australiano chamado Richard, e todos se organizam para partir. Ele já entendeu que aquelas pessoas não se conhecem bem, que se juntaram por acaso para dar mais segurança à viagem. Por isso o desconforto. Ele não liga, na verdade o humor geral lhe agrada, ele não sente pressão alguma para se enturmar. Com os outros deposita sua mala em uma van aberta e sobe. Eles contrataram alguém que os levasse até o outro lado da fronteira.

Está escurecendo quando chegam à estação. Estão atrasados e a fila para comprar passagens é longa, só conseguem lugares na terceira classe, sentando-se em meio a uma multidão em um vagão aberto cujas lâmpadas estão queimadas. Assim que encontram um lugar, o trem dá um solavanco e começa a se mexer.

Há um momento em que tem início qualquer jornada verdadeira. Às vezes acontece quando você sai de casa, às vezes é muito longe dali.

No escuro ouve-se o som de um vidro partindo-se e uma voz que grita. Estão viajando talvez há uma hora, a escuridão do vagão é total, mas agora alguém acende um fósforo. Na luz vacilante ele vê uma cena infernal, em um dos assentos mais atrás um homem leva as mãos ao rosto ensanguentado, uma poça de sangue no chão ao seu redor, ele balançando de um lado para o outro com o movimento violento do trem. Todo mundo se encolhe, o fósforo se apaga. O que está acontecendo, a irlandesa lhe pergunta.

O que está acontecendo é que alguém jogou uma pedra pela janela. Quase de imediato acontece de novo, o vidro partido, o grito, mas desta vez ninguém se fere, o grito é de medo. Estão todos assustados, e com razão, porque toda vez que o trem passa por alguma vila ou povoado ouve-se o ruído, o grito, ou a pancada abafada da pedra contra a parte externa do trem. Todo mundo se senta arqueado para a frente com os braços cruzados sobre a cabeça.

Mais tarde, ainda de noite, o suplício começa a passar. No interior do trem o humor se faz mais leve, pessoas que em outras circunstâncias nunca se falariam começam a entabular conversas. Alguém oferece ataduras para os que se feriram. Do outro lado do vagão viajam três mulheres com bebês de colo, a janela delas foi estilhaçada e o vento uiva ao passar, vocês se importam, elas perguntam, se viermos sentar com vocês. Nem um pouco. Ele está sentado com a irlandesa, o resto do grupo está em outro lugar, eles se movem para abrir espaço. Agora a escuridão tem um cheiro cálido e efervescente, ouvem-se sucções e gorgolejos ao redor. As mulheres estão indo para Lusaka, para uma conferência religiosa sobre emancipação feminina, deixaram os maridos para trás, mas duas estão segurando só um bebê cada e a outra tem trigêmeos. Ela está sentada diante dele, que consegue vê-la pelas luzes que passam do lado de fora. Agora começa uma cena estranha. Os trigêmeos são idênticos, vestidos com roupas brancas de coelho, e ela começa a dar de mamar para dois de uma vez. O terceiro ela entrega a ele, você poderia, sim claro, ele segura o peso murmurante em suas mãos. Em intervalos regulares ela os troca, entrega a ele um bebê vestido de coelho e recebe sua exata cópia, isso parece durar horas. De vez em quando um dos mamilos se libera, um bebê chora e ela diz, por favor você poderia, a irlandesa se inclina para a frente para reacomodar o seio da mulher, a sucção recomeça. As mulheres falam suavemente com os viajantes brancos e, entre elas, às vezes entoam hinos.

De manhã sua mente está fraturada de cansaço e rodando com imagens bizarras. Sob o céu frio e vermelho do amanhecer, Lusaka é outra paisagem surreal, aglomerações de barracos brotando entre os prédios, lata, plástico e papelão colados entremeando-se aos tijolos e vidros. Eles descem entre multidões na plataforma. As três mulheres se despedem e somem com sua carga de bebês, para discutir a liberação feminina. Enquanto ele espera que o grupinho se reúna, olha para o lado e vê, mais abaixo ao longo do trem, nos compartimentos da segunda classe, outro grupinho de viajantes brancos que desembarcam. São três, uma mulher e dois homens. Tenta observá-los, mas a multidão se fecha ao seu redor.

Andam até a rodoviária por ruas tomadas pelas primeiras luzes do dia e pelo lixo que revoa sem direção. Alguém tem um mapa e sabe para onde ir. Mesmo a esta hora, cinco ou seis da manhã, o lugar está cheio de pessoas paradas inutilmente, só olhando. Eles são o foco de uma curiosidade intensa e grosseira, ainda bem que não está sozinho. Em uma esquina, um homem imenso de barba dá um passo à frente e, com o desinteresse casual de quem examina uma fruta, aperta com a mão o seio esquerdo da irlandesa. Ela afasta seus dedos com um tapa. Vocês não estão nos Estados Unidos agora, o homem grita, eu fodo todos vocês.

A rodoviária é um caos de motores e gente embaixo de um teto de metal, mas eles enfim conseguem encontrar o ônibus certo. Quando sobem, as primeiras pessoas que ele vê são os três viajantes brancos do trem, sentados em uma fileira, olhando para a frente em silêncio, e quando passa eles não erguem o olhar. A mulher e um dos homens são jovens, uns vinte e poucos anos, o outro é mais velho, talvez tenha a mesma idade que ele. Passa rente aos três e vai se sentar bem no fundo. O resto de seu grupo se espalha em volta. Ele não interagiu ou conversou muito com os demais, e no momento está mais interessado nos outros três viajantes algumas fileiras adiante, podendo ver suas nucas. Quem são, o que estão fazendo aqui, quais as relações entre eles.

Leva oito horas para chegar à fronteira. Desembarcam na praça principal de uma cidadezinha, onde taxistas clamam por ajudá-lo a completar o trajeto até o posto de fronteira. Enquanto negociam o preço, ele vê de esguelha os três viajantes entrando em um carro separado e partindo. Não estão no posto de fronteira quando ali chega, já devem ter passado. Há um aglomerado de pessoas, uma longa espera. Quando seus passaportes recebem o carimbo e o táxi percorre os quase dez quilômetros daquela terra de ninguém, já está escurecendo.

Quando passa pelo posto oficial do Malaui, um edifício branco debaixo de árvores, algum tipo de disputa está sendo travada. Um oficial uniformizado grita com os três viajantes, que parecem confusos, vocês têm que ter um visto, vocês têm que ter um visto. O mais velho, o que tem a idade dele, tenta se explicar. Seu inglês é bom, mas hesitante e com um sotaque forte. Foi a embaixada que nos informou, ele alega. A embaixada informou errado, grita o oficial uniformizado, vocês têm que ter um visto. O que devemos fazer. Voltar para Lusaka. Eles só olham o homem e se reúnem para discutir. O oficial perde interesse, vira-se para os recém-chegados, me deem os passaportes. Sul-africanos não precisam de visto, e ele recebe o carimbo para passar. Para por um segundo, e vai até os três. De onde vocês são.

Sou francês. É o mais velho falando. Eles são da Suíça. Aponta para os outros dois, cujos rostos se mostram neutros como máscaras, sem entenderem ou sem quererem conversar.

Quer que eu converse com ele por vocês.

Não. Está tudo bem. Obrigado. Ele tem cabelos grossos e cacheados, usa óculos redondos e sua expressão é séria e impassível, ou talvez apenas resignada. De perto, o mais jovem é de uma beleza quase chocante, lábios vermelhos, a maçã do rosto altiva, uma franja comprida. Seus olhos castanhos não encontram meu olhar.

O que vocês vão fazer agora.

Não sei. Ele dá de ombros.

Refestelam-se por alguns dias em Lilongwe, uma cidade sem atributos cheia de jacarandás e expatriados brancos, matando tempo enquanto alguém de seu grupo tenta conseguir um visto para ir a algum lugar. Ele está entediado e frustrado, e a essa altura irritado com os demais viajantes. Ficam plenamente satisfeitos em passar horas sentados tomando cerveja, à noite saem em busca de música alta, e alguns deles mostram um desagradável desdém pela pobreza que encontram. Em particular as duas garotas mais novas, que são suecas, abriram mão do silêncio e contam em vozes muito estridentes sobre a viagem terrível que fizeram pela Zâmbia. As pedras, ai, era simplesmente horrível, na rodoviária, ai, era tão sujo, fedia, ai, nojento.

Os problemas e a imundície do continente haviam decepcionado as duas pessoalmente, que pareciam nunca cogitar que aquelas condições que julgavam horríveis e nojentas não sejam parte de um cenário a ser desmontado quando elas saírem de cena.

Mas as coisas melhoram um pouco quando chegam ao lago. É o destino que ele tinha em mente desde que saíra do Zimbábue, tudo o que ele já ouviu sobre o Malaui está centrado naquele longo braço d'água que cruza metade do país. Vale dar uma olhada nele ali alguns dias mais tarde, parado na praia do Cabo Maclear. Contempla a água com uma expressão de assombro, como se não pudesse acreditar em tanta beleza. A luz cintila na superfície agitada, as montanhas amarelas parecem quase sem cor perto do azul intenso da água, um conjunto de ilhas se erige a um quilômetro da costa. Uma canoa de madeira passa lentamente em um perfil perfeito, como um hieróglifo.

À medida que os dias passam seu encantamento só cresce, a água é macia e quente, sob a superfície há cardumes de peixes tropicais, coloridos e brilhantes, não há nada a se fazer exceto deitar na areia sob o sol e ver os pescadores remendando as redes. O ritmo de tudo aqui é lento e tranquilo, o único som de motor é de algum carro ocasional que passa na estrada de terra, bem acima.

Mesmo os habitantes locais ocupam seus lugares designados nesta versão do paraíso, com alegria largam tudo quando são chamados e vão pescar para esses visitantes estrangeiros, ou preparam para eles uma refeição na praia, de noite, e limpam tudo quando eles vão embora. Podem levar você remando até as ilhas pelo preço de um drinque, ou correr por quilômetros na areia quente para colher algumas das famosas cannabis do Malaui, e até manufaturar um cachimbo de madeira para que você fume. Quando não são necessários, simplesmente se plasmam na paisagem, voltando às suas tarefas naturais, fornecendo linhas pacíficas de fumaça que saem das cabanas pitorescas onde moram, ou cruzando a sua vista ao longe em um momento apropriado.

Só alguém frio e de coração duro deixaria de sucumbir a essas tentações. A ideia de viajar, de ir embora, é uma tentativa de escapar do tempo, em grande medida essa tentativa é fútil, mas não aqui. As ondinhas batem na costa como sempre fizeram, os ritmos da vida cotidiana são ditados pelos ritmos maiores da natureza, o sol ou a lua por exemplo, algo sobreviveu aqui do lugar mítico anterior ao movimento da história, com um tique-taque de bomba. Seria fácil apenas parar e não recomeçar, e de fato muitas pessoas o fazem, é possível vê-las nos pequenos passeios, aqui e ali em vários pontos da praia há grupos que não se movem faz meses. Converse com eles e eles contarão suas histórias, Sheila de Bristol, Jürgen de Stuttgart, Shlomo de Tel-Aviv, estão aqui há seis meses, um ano, dois anos, todos têm o aspecto vidrado e malbarbeado da letargia, ou fumaram demais. Este é o melhor lugar no mundo, eles exaltam, fique por aqui e você vai ver, dá para sobreviver com quase nada, um pouco de dinheiro que lhe mandem de casa de vez em quando, nós vamos voltar algum dia é claro mas não ainda.

E já depois de um dia, dois dias, três, a maciça gravidade da inércia se estabelece, o esforço de andar do seu quarto até a água já é mais do que parece necessário gastar. Nadar, dormir, fumar. As pessoas com quem ele veio não conseguem acreditar na sorte que tiveram. Essa é a verdadeira África para eles, a que eles vieram da Europa para encontrar, não aquela falsa e cara que lhes foi servida nas Cataratas Vitória, ou a perigosa e assustadora que tentou feri-los no trem. Neste lugar cada um deles está no centro do universo, e ao mesmo tempo está em lugar nenhum, certamente é isso o que significa estar suprido espiritualmente, eles estão tendo uma experiência religiosa.

E de início ele próprio participa dessa experiência, e se pode vê-lo agora, deitado na praia, levantando-se, tropeçando até a água para nadar. Mais tarde, quando sente calor demais, volta para o quarto para dormir, ou se retira para o bar para tomar uma bebida. Quando um baseado é passado de mão em mão ele fuma com todos os outros, seu rosto se relaxa no mesmo sorriso entontecido que faz com que cada um em volta pareça idiota. Ele é tão hedonista quanto os demais. Mais tarde vagueia com alguns dos outros, todos conversando e rindo como velhos amigos, até uma clareira atrás do vilarejo onde algum hippie barbado itinerante oferece voos de ultraleve ao pôr do sol. Embora não vá voar, ele observa Richard subindo para um longo circuito que serpenteia sobre o lago, e a suave suspensão da pequena máquina à última luz do dia contém algo da leveza surreal de estar ali.

Mas a verdade é que mesmo nos primeiros dias de prazer há nele aquele mesmo traço melancólico de inquietude, e nenhuma quantidade de calor ou maconha pode serenar seu desassossego. Ele está fora do grupo, observando. Já conviveram uns com os outros tempo suficiente para que conexões e tensões se desenvolvessem, mas todos seguem em frente como velhos companheiros. Chamam-se pelos apelidos, há muito riso e muita brincadeira. Entre Richard e a irlandesa surgiu um romance, uma manhã na praia ele repara que um se aproxima do outro, sorrindo com timidez e sem tirar os olhos, pouco depois se retiram para o quarto de Richard e emergem mais tarde brilhando, calorosos. Tudo é tocante e feliz, mas ele é o estranho ali, mantém uma distância em relação aos outros, por mais amistosos que se mostrem. Uma vez, quando estão todos andando pela praia, ouve uma conversa atrás de si, uma das garotas suecas está falando com o dinamarquês, o que você achou da África do Sul quando foi lá, ah, ele diz em resposta, o país era muito bonito, é pena que todos os sul-africanos sejam tão zoados. Então todos ao mesmo tempo ganham consciência da presença dele e caem no silêncio, de todo o grupo ele é o único que sorri, mas para dentro.

Um dia alguém de seu grupo tem uma ideia maravilhosa, vamos alugar um barco e passar o dia naquela ilha. Um dos nativos é convocado para levá-los até lá por uma pequena quantia, que o inglês gorducho ainda pechincha, e ele vai deixar que usem sua máscara e nadadeiras para que possam mergulhar. Essas são algumas das poucas coisas que o homem tem, o barco e os remos, a máscara e as nadadeiras, mas enquanto rema ele fala seriamente sobre como está economizando para cursar medicina na África do Sul, quer ser médico. É um jovem de vinte e três anos, de rosto largo e gentil e corpo tonificado e enrijecido por viver de pesca. Ninguém mais do grupo se interessa em conversar com o rapaz, mas ele me conta mais tarde, na ilha, sobre como saem para pescar à noite, remando por quilômetros e quilômetros até o centro profundo do lago, cada barco com uma tocha queimando na proa, e como remam de volta ao amanhecer abastecidos de uma pirâmide pesada de peixes. Você me levaria junto uma noite, eu gostaria de ver isso. Sim, eu levo você.

Através do vidro, o fundo do lago é a superfície de um planeta alienígena, imensas pedras se empilham umas sobre as outras nas profundezas iluminadas pelo sol, peixes brilhantes flutuam e se lançam como pássaros. O dia é longo e lânguido e todo mundo está feliz quando por fim eles sobem no barco para serem levados de volta. Mas o remador está olhando ao redor, preocupado. Qual é o problema. Uma das nadadeiras sumiu. Os visitantes suspiram e continuam conversando no barco, enquanto eu saio para ajudá-lo a procurar. O preço da nadadeira vale, para esse homem, talvez uma semana ou duas de pescaria. Procuramos nas águas rasas, entre as fendas das pedras. Rápido aí, grita de mau humor uma das suecas, estamos esperando vocês. Mas agora a raiva finalmente toca a superfície de sua língua, desçam daí, ele grita, com a voz se elevando, desçam daí e ajudem a procurar. Um de vocês perdeu a nadadeira, a gente não vai voltar até ter encontrado. Há murmúrios e descontentamento, que ele compre outra, mas todos descem e fingem procurar ao redor. No fim a nadadeira é encontrada e todo mundo volta para o barco, e em pouco tempo a conversa frívola é retomada, mas ele sabe que sua explosão confirmou o que os outros suspeitavam, ele não é igual a eles, é um sul-africano zoado.

Algo mudou para ele agora, é difícil travar conversas inocentes com aquelas pessoas. No dia seguinte sai sozinho para um longo passeio pela praia. Na outra ponta, onde fica o povoado local, aonde os turistas nunca vão, há um pontal rochoso, e ele pensa que gostaria de escalá-lo. Mas quando chega lá descobre que as pessoas cagam entre as pedras, por todo lado que tenta subir encontra merda velha e malcheirosa e pedaços de papel. Pode imaginar as vozes estridentes das suecas, ai que nojento, e de fato é, mas agora outra noção lhe sobrevém, que se as pessoas estão usando estas pedras como banheiro é porque não têm alternativa. Ele desce, com a cabeça pulsando, os pés ardendo na areia quente. Ali perto há uma espécie de marina para expatriados ricos, iates caros erguem suas velas sedosas como estandartes, mas ele passa pela marina e segue até a vila. Diz a si mesmo que está fazendo aquilo pelo frescor das sombras entre as cabanas, mas é a curiosidade que o guia. Na longa caminhada de volta ao seu quarto ele vê bem pela primeira vez as roupas rasgadas das crianças sorridentes, os interiores vazios das cabanas fumarentas com seus dois ou três móveis velhos, os cachorros esqueléticos se afastando ante sua aproximação, e pela primeira vez escolhe entender por que as pessoas que vivem ali, cidadãs daquele país, querem fazer tarefas para esses visitantes estrangeiros, pegar peixes e cozinhar para eles e limpar tudo quando vão embora. Pode ser apenas o calor, mas sua dor de cabeça é muito forte e, através da neblina da dor, a bela paisagem recuou e se rompeu em elementos diversos, a água aqui, a montanha ali, o horizonte em outro lugar, e tudo isso se rompe também em suas partes constituintes, uma série de formas, texturas e linhas que lhe são inteiramente alheias.

Quando volta, a irlandesa está sentada do lado de fora de seu quarto, no pátio, fumando um cigarro. Estou chateada, ela conta, acabo de perder a cabeça com alguém, acho que fui um pouco dura. A pessoa com quem ela perdeu a cabeça é um velho que trabalha na pousada, ela o contratou, explica, para lavar suas roupas, mas quando terminou ele só pendurou as roupas no varal, esqueceu-se de tirar e dobrar. Será que é demais, ela se indaga em voz alta, quando você paga alguém para que lave as suas roupas, espera que também as dobre quando estão secas. Sorri e pergunta, será que fui longe demais.

Ele não consegue mais se conter, a irritação que alimentou sua pequena explosão de ontem é agora uma fúria. Sim, diz ele, você foi longe demais. Ela olha chocada e confusa. Mas por quê. Porque ele é um velho que tem talvez o triplo da sua idade. Porque ele mora aqui, esta é a terra dele, e você é uma visitante. Porque você tem sorte de poder pagar esse velho para que lave as suas roupas, suas calcinhas sujas, enquanto você fica deitada na praia, você tem que se envergonhar de si mesma em vez de ter tanta certeza de que está com a razão.

Diz tudo isso sem erguer a voz mas soa sufocado e veemente, ele próprio está assustado com sua fúria. Ela pestaneja e parece prestes a chorar, tanta raiva por algo tão pequeno, mas a raiva dele não se dirige apenas a ela ou mesmo aos outros do grupo, sua parte mais ácida se dirige contra si próprio. Ele é tão culpado quanto qualquer um dos outros, também ele está de passagem, também ele tem sorte e dinheiro, toda a sua moralidade não o absolve. Depois que ela sai correndo, ele fica parado ao anoitecer do lado de fora de seu quarto, enquanto a raiva vai esfriando e se convertendo em pesar. Mesmo antes de ela voltar e contar que procurou o velho, que pediu desculpas, que tudo está bem agora, ele sabe que o feitiço foi rompido e que ele não pode mais ser um dos lotófagos, tem que seguir, seguir.

Parte cedo na manhã seguinte, quando o sol começa a despontar. Tudo está fixado e rígido no ar vítreo, as montanhas de Moçambique são visíveis do outro lado da água turquesa do lago. Conversando na noite anterior com o homem da recepção da pousada, ficou sabendo que uma balsa sairia da Baía dos Macacos esta manhã, percorrendo toda a extensão do lago. Isso parece bom, ir para o norte para alguma outra cidade onde ninguém o conheça. Espera o ônibus junto à estrada de terra.

Quando chega à Baía dos Macacos a balsa já está atracada, um conjunto de metal enferrujado pendendo seriamente para um dos lados. Compra uma passagem para a Baía de Nkhata, tendo que subir metade do lago. Há um pequeno grupo de passageiros esperando, em sua maioria pessoas locais com cestas e caixas.

Quando a balsa começa a se mover, ele se levanta e vai se apoiar no corrimão, e em pouco tempo vê as ilhas do Cabo Maclear ficando para trás. Sente-se bem, sozinho no ar fresco da manhã. Depois de uma hora e meia a balsa volta a se aproximar da costa e para em Salima, onde passageiros descem e sobem. Ele espera que volte ao meio do lago para de novo dar uma volta por ali. A balsa é todo um pequeno mundo, com passageiros, escadas, limites, regras, e uma população que aos poucos cresce. Detém-se para ver a aglomeração que se cria em volta do vão onde servem comida. Vê braços e pés e rostos se movendo, todos anônimos e trançados, mas quando olha para o lado eles estão ali. Os três viajantes do ônibus. Por onde vocês andaram.

Haviam voltado a Lusaka para conseguir os vistos. Passaram momentos horríveis. Conseguiram uma carona com um nativo, que se mostrou muito satisfeito em levá-los de carro, mas alguém que vinha utilizando o carro para dormir no mato havia sido assassinado nele duas noites antes, e assim o banco de trás, sobre o qual dois deles tiveram de se empoleirar durante todo o trajeto, estava coberto de sangue seco. Chegaram a Lusaka na tarde de sexta e foram descobrir que a embaixada do Malaui estaria fechada até segunda, então ficaram simplesmente esperando no quarto do hotel. Agora têm os vistos e não pretendem se demorar, querem chegar à Tanzânia o mais rápido possível, e de lá esperam conseguir um barco ou um voo barato que os leve de volta à Europa. Dois deles, os dois homens, vêm viajando pela África há um longo tempo, nove meses ou mais, e estão ansiosos por voltar para casa.

Tudo isso ele vai descobrindo em pequenos fragmentos transmitidos ao longo do dia. Pouco depois de encontrá-los, os três resolvem juntar-se a ele na parte da frente do convés. A cada parada a balsa se enche e a única forma de garantir um lugar é guardando-o com a mochila. Sentado ao sol, conversando sossegadamente, descobre que os suíços são gêmeos. Chamam-se Alice e Jerome. O francês, Christian, é o único que fala inglês com fluência. É através dele que a maior parte da conversa se desenrola. Ele me conta que conheceu Jerome na Mauritânia, e de lá foram juntos ao Senegal, a Guiné e ao Mali, até a Costa do Marfim, de onde pegaram um voo para a África do Sul. Passaram alguns meses lá, foi nessa fase que Alice se juntou a eles, e agora estão voltando para casa.

Jerome ouve com atenção esse relato, interrompendo de quando em quando com alguma pergunta ou comentário em francês. Mas quando eu lhe pergunto alguma coisa, seu rosto endurece, confuso, e ele se vira para os outros querendo ajuda.

Ele não entende, diz Christian. Pergunte para mim.

Assim a pergunta tem que ser repetida para Christian, que a traduz, e na sequência traduz a resposta. O caminho inverso é percorrido quando Jerome me pergunta alguma coisa, nós nos olhamos, mas conversamos com Christian. Isso dá a toda a conversa uma formalidade estranha, que nenhuma qualidade pessoal pode romper. Nunca consigo perguntar a ele o que eu gostaria, qual é sua relação com Christian, que laço os manteve unidos atravessando o oeste da África. Uma vez que os fatos mais básicos foram trocados, parece não haver mais nada a dizer.

Mais tarde bate um vento e a superfície do lago se agita. A balsa começa a balançar e dar solavancos, sublinhando em tudo uma ligeira náusea. Quando o sol cai, de repente fica muito frio. Ele se deita em uma parte mais alta no centro do convés, do lado oposto ao deles, sua cabeça na direção da de Jerome. Ao se ajeitar para passar a noite, olha para cima e encontra Jerome exatamente na mesma posição, olhando para trás, e por um longo momento eles sustentam aquele olhar cruzado até que ambos o desviam e tentam dormir.

Na verdade ele não chega a dormir muito, a balsa balança e o deque é duro e desconfortável. Oscilando acima de suas cabeças há um enorme gancho de metal pendurado em um mastro, e toda a sua latente inquietude se concentra nesse gancho, e se vier a se soltar, e se cair, fica acordando de fragmentos de sonhos para ver aquela sombra escura estampada no céu. A noite é estrelada e imensa, apesar dessa concentração de ameaça que existe em seu centro, bem acima dele.

De manhã todos os corpos levantam-se cambaleantes, bocejando e esfregando os pescoços. Leva um bom tempo para que as conversas se iniciem, mas, mesmo quando todos em volta estão falando, hoje ele não se sente muito afeito às palavras. Está cansado e com dores, só quer estar de volta em terra firme. Chegam à Baía de Nkhata pouco depois. A essa altura o calor já queima e ele não inveja a longa viagem para o norte que os outros farão, viagem que só acabará no dia seguinte. Despede-se no convés e desta vez sabe que não voltará a vê-los. Desce em meio a uma densa multidão de corpos, e a buzina da balsa urra com tristeza.

Leva nas costas a mochila e sai sob o sol quente, dirigindo-se a uma pousada que fica a dez quilômetros da cidade. Quando enfim encontra o lugar, algumas horas já se passaram. A paisagem é adorável, uma série de casas comunais de bambu sobre palafitas ao longo da praia. Estende seu saco de dormir ao fim de uma fila de outros, veste um short e vai nadar. Deixa a toalha na praia e se distancia lago adentro. As ondas estão fortes e bravas aqui, e quando volta para a areia ele se sente reposto e renovado.

Jerome, Alice e Christian estão parados do lado da toalha dele, sorrindo. Olá, dizem eles. Somos nós de novo.

Mudaram de ideia no último minuto e decidiram descer da balsa. Pensaram que podiam descansar ali por um ou dois dias e depois prosseguir por terra. Estão hospedados num bangalô do outro lado da praia, meio escondido entre árvores.

Passa o dia na praia com eles. Todas as toalhas estão estendidas em fila, eles entram e saem da água ou se estiram debaixo do sol. Ele se entrega completamente aos prazeres pagãos da preguiça e do calor. O que para ele não era possível com os viajantes do sul é perfeitamente possível aqui, mas por baixo do bronze do seu corpo ele se sente perturbado. O modo como esse misterioso trio invadiu sua viagem o incomoda, tem quase a forma de um plano, no qual nenhum deles tem poder de decisão. Assim como essa pequena reunião, por exemplo, é puro fruto do acaso que eles também tenham ido se hospedar nesse lugar, se tivessem alugado um quarto dentro da cidade o mais provável era que nunca mais se vissem. Ou talvez ele queira ver a coisa assim, é muito natural, afinal, procurar uma pista do destino quando há amor ou desejo envolvido.

Nunca fica a sós com Jerome. Uma vez ou duas, quando Christian vai nadar e Alice se levanta para segui-lo, parece que ele e Jerome vão ser os únicos deixados ali na areia. Mas isso não acontece. Christian aparece no último minuto, respingando e resfolegando pelos efeitos do lago, atirando-se de volta em sua toalha. Não fica claro se isso é uma forma de indicar seu direito sobre o homem mais jovem, e na verdade é Christian quem sugere, em algum momento desse dia ou do seguinte, que ele os acompanhe à Tanzânia. Se tiver vontade, por que não, vai ser divertido. Todos eles parecem gostar da ideia, não há indignação ou relutância. Bom, diz ele, pode ser, vou pensar.

De fato tem que pensar, a resposta não é simples. Para além das complicações da situação, que só vão engrossar e crescer, existem questões práticas a serem consideradas, ele só queria visitar o Zimbábue, agora está no Malaui, será que quer ir à Tanzânia. Enquanto tenta se decidir, continua passando os dias com os três à beira do lago. É um momento de descanso, feito de calor, líquido em movimento e grãos de areia, tudo imóvel e ao mesmo tempo respingando, fluindo. No centro de tudo, o único objeto sólido, está Jerome, deitado do lado dele de short, a pele molhada, ou tirando o cabelo dos olhos, mergulhando nas ondas. Ele está mais relaxado comigo agora, as perguntas que de vez em quando lança para mim através de Christian são de natureza mais pessoal. O que você faz. Onde você mora. Mas mesmo aqui ele está fora do grupo, observando. O jeito como os três conversam, brincam e gesticulam também tem o peso de uma história privada que sempre será impenetrável para ele. De algumas coisas que aconteceram entre os outros ele nunca poderá fazer parte, e são essas as coisas que unem sutilmente suas vidas. Mesmo que falasse francês, ele nunca conseguiria fechar essa lacuna. Isso o distancia, fazendo sua solidão ressoar nele como uma nota aguda, como o som prolongado de um sino.

À noite jantam juntos em um restaurante no alto de uma pequena montanha, depois se despedem e seguem seus rumos distintos. Ele se senta no último degrau de sua cabana e vê as luzes das canoas prolongando-se em uma longa fila. Raios lampejam sobre o lago, como uma assinatura de Deus.

Na segunda noite, ou será na terceira, quando se despedem na praia, Christian menciona de supetão que estão indo embora já de manhã. Vão subir de ônibus até Karonga, no norte, e seguir para a Tanzânia no dia seguinte. Quase como se fosse um pensamento tardio ele acrescenta a indagação, você decidiu, está interessado em vir.

Ele se vê utilizando o mesmo tom, sua voz o surpreende pelo desafeto. Hum, ele faz, acho que vou com vocês. Vou até a fronteira e vejo se me deixam passar.

Em meio ao grupo de pessoas que esperam o ônibus na manhã seguinte há outro viajante branco, um homem magro de cabelo preto e bigode pouco convincente, usando calça jeans e uma camiseta de um roxo berrante. Após certo tempo ele se aproxima, descontraído.

Para onde vocês estão indo.

Para a Tanzânia.

Ah. Eu também. Ele sorri cheio de dentes debaixo do bigode. Sou de Santiago. Do Chile.

Dão-se as mãos. O nome do recém-chegado é Rodrigo, ele estava trabalhando em Moçambique mas agora está a caminho do Quênia, alguém lhe disse que há voos baratos de Nairóbi para a Índia, aonde por alguma razão ele quer ir antes de voltar para casa. Oferece todas essas informações da forma direta que algumas pessoas assumem na estrada, tem a melancolia de certos viajantes que querem aderir a outros, e, embora ninguém se sinta particularmente cativado por ele, permitem que se instale no grupo.

Quando chegam a Karonga, já bem ao norte, estão todos em silêncio e retraídos, o ar se turva com o crepúsculo. A rodoviária fica às margens da cidade, e eles têm que entrar carregando as mochilas pela sombria rua principal. Levam um tempo para achar um lugar onde ficar. Karonga não é em nada parecida com os vilarejos do sul, é grande, feia e tem aquela qualidade das cidades de fronteira, de transitoriedade, tráfico e iminência de perigo, mesmo estando a fronteira a sessenta quilômetros de distância. No fim conseguem dois quartos em uma pousada de uma rua lateral de terra, uma casa de concreto muito suja por dentro, os banheiros cheios de bolor. A feiura desperta uma tristeza nele, que cresce quando é deixado sozinho no quarto.

Sempre teve medo de cruzar fronteiras, não gosta de trocar lugares conhecidos e seguros pelo espaço vazio onde qualquer coisa pode acontecer. Tudo, em tempos de transição, adquire um peso e um poder simbólicos. Mas é também por isso que ele viaja. O mundo pelo qual você se move flui para dentro de outro, nada mais permanece cindido, isto equivale àquilo, clima equivale a humor, paisagem equivale a sentimento, para cada objeto há um gesto interno correspondente, tudo se transforma em metáfora. A fronteira é uma linha no mapa, mas também se deixa traçar em seu interior.

De manhã tudo é diferente, mesmo as ruas de lama ganham uma espécie de charme grosseiro. Pegam uma carona

até a fronteira e passam juntos pelas formalidades malauia-
nas. Depois percorrem a pé uma ponte comprida sobre um
rio verde, até o posto de imigração do outro lado.

Só agora ele começa a considerar realmente o que pode
acontecer. Embora tenha comentado com leveza que veria se
o deixariam entrar, não chegou a passar de fato pela sua cabeça que não o deixassem. Agora, à medida que se aproxima o
pequeno agrupamento de galpões, com uma cancela cortando a estrada do outro lado, uma débil premonição aferroa as
palmas de suas mãos, talvez as coisas não aconteçam como
ele espera. E, quando entram no primeiro galpão de madeira e os passaportes de todos começam a ser carimbados pelo
homenzinho ágil atrás do balcão, o dele é retirado de suas
mãos e, pela pausa que se segue, a súbita paralisia da mão que
segura o carimbo, ele sabe o que vai acontecer. Onde está seu
visto. Eu não sabia que precisava de um. Você precisa.

Isso é tudo. O passaporte é fechado e devolvido.

O que posso fazer.

O homenzinho dá de ombros. É um sujeito bem-arrumado, compacto, asseado, seu queixo barbeado impecavel-
mente. Nada que se possa fazer.

Será que não há um consulado em algum lugar.

Não no Malaui. Ele se vira para atender outras pessoas, pessoas cruzando a fronteira de um lado e do outro, pessoas que
não precisam de vistos.

O grupinho se reúne com tristeza do lado de fora. Cigarras berram em uma frequência impossível, como um bando de dentistas malucos fazendo obturações no topo das árvores. O teto metálico zune no calor. Os outros ficam mal por ele, mas ele não quer trocar olhares. Senta-se num degrau para esperar enquanto os demais passam ao próximo galpão, da alfândega e do posto de saúde. Não consegue acreditar que isso esteja acontecendo. Em um súbito aturdimento de emoção, levanta-se e volta a entrar.

Fiquei sabendo de uma pessoa que visitou a Tanzânia, diz ele. Um sul-africano. Não precisou de visto, conseguiu um carimbo aqui.

De onde surge essa lembrança eu não sei, mas é verdade, eu de fato conhecia essa pessoa. As sobrancelhas do homem se erguem. E quanto ele pagou, pergunta, por esse carimbo.

Está estupefato. Não sabe quanto o homem pagou, não sabe o que isso tem a ver com qualquer coisa. Balança a cabeça de um lado para o outro.

Então não posso ajudá-lo.

De novo ele se vira para ajudar outra pessoa. Vibrando de angústia e pânico, espera que o homenzinho termine, por favor, implora, por favor.

Eu já disse. Não posso ajudá-lo.

Tudo o que ele deseja no mundo nesse momento fica num espaço atrás desse servidor público obtuso e eficiente que ele faria qualquer coisa, qualquer coisa, para destronar. Qual é seu nome, pergunta.

Você quer meu nome. O homem assente e suspira, seu rosto ainda tem que produzir uma expressão, ele empurra um grande livro contábil por cima do balcão e o abre. Seu passaporte, por favor.

Agora a esperança centelha brevemente, ele também viu os nomes dos outros sendo inscritos em um grande livro, entrega o passaporte. Quando seu nome e seu documento são anotados ele pergunta, para que serve isso.

Sua entrada foi rejeitada, diz o homenzinho, entregando-lhe de volta o passaporte, essa é a lista de pessoas que não podem entrar na Tanzânia.

Qual é seu nome, retruca ele, você não pode me tratar assim. Ouve a idiotice da ameaça já no instante em que a faz, a quem ele denunciaria aquele homem e por que, não há nada que ele possa fazer, tanto no mundo da metáfora quanto no mundo real ele chegou a uma linha que não pode cruzar. Sai de novo ao sol, onde os outros estão esperando, comiserativos, você falou com ele de novo, o que ele disse. Não, não adianta, não posso ir com vocês. Eles ficam parados com a inútil estranheza da compaixão, mas já estão virando os olhos para a estrada e variando o peso entre um pé e outro, já passa do meio-dia.

É melhor a gente ir, diz Christian. Me desculpe.

Cada um anota para ele seu endereço. A única folha que ele tem é um velho extrato bancário, que entrega a um de cada vez. Agora, anos depois, enquanto escrevo isto, essa folha está guardada na escrivaninha à minha frente, dobrada, amassada e encardida, com sua pequena carga de nomes, suas diferentes caligrafias, algum tipo de impressão daquele instante gravada no papel e fixada ali.

Vai com eles até a cancela que cruza a estrada. Não pode ir além desse ponto. Do outro lado há garotos de bicicleta esperando para transportar passageiros pelos seis quilômetros que os separam da cidade mais próxima, onde outro traslado terá início. É aqui que eles têm que se despedir. Ele olha os próprios sapatos. Tem dificuldade em falar.

Boa viagem para vocês, diz, por fim.

Aonde você vai.

Acho que vou voltar para casa. Já foi o bastante.

É Jerome quem diz, você vai à Suíça, certo.

A última palavra é uma pergunta, responde ele com a cabeça, sim eu vou.

E eles vão embora, subindo nas bicicletas, bambeando até ganhar alguma velocidade e acelerando ao longe, uma partida tão surreal, ele fica parado, assistindo, mas nenhum deles olha para trás. A camiseta de Rodrigo é o último rastro vívido deles, a bandeira de um usurpador, o estranho que veio para tomar o lugar dele. Enquanto isso, outros garotos de bicicleta começam a rodeá-lo, bloqueando a vista, eu levo o senhor quer uma carona senhor eu. Não, diz ele, não vou com eles. Contempla a estrada uma última vez, põe a mochila nas costas e começa a voltar. A ponte é comprida e solitária ao calor do meio-dia. Ele caminha.

Quando volta ao lado do Malaui, vê-se lidando com os mesmos oficiais de uniforme branco que deram o primeiro carimbo deixando-o passar. Há um segundo ou dois de confusão antes que o homem resolva a questão, você não estava aqui há meia hora.

Sim, não me deixaram passar. Disseram que eu preciso de um visto. Eu não tenho.

O homem olha o passaporte dele, olha para ele, chama-o para perto. Ofereça dinheiro, diz.

O quê.

É o que ele quer. Um pouco de dinheiro. Com quem você falou.

Com um sujeito baixinho. Bem-arrumado.

Sim, eu conheço, é amigo meu. Ofereça dinheiro.

Ele examina o rosto do outro homem, começando a entender a conversa que travou do outro lado da ponte. Aquela declaração críptica, quanto ele pagou pelo carimbo, de repente faz sentido, como ele pôde não entender. Sou um idiota, pensa, e não só por isso.

Eu fui horrível com ele, diz. As coisas ficaram feias.

Mas este homem também está perdendo o interesse, mostra as palmas e dá de ombros. Saio e fico parado debaixo do sol por um tempo longo e suspenso, enquanto vêm e vão várias possibilidades. A cada segundo Jerome, Alice e Christian estão se distanciando mais e mais, mesmo que o homenzinho o deixe passar, será que ele vai conseguir alcançá-los, eles podem estar em qualquer lugar a esta altura. Mas, quando se vira e volta a ver o Malaui, a estrada longa e azul que serpenteia até se perder, a perspectiva de refazer seus passos parece igualmente impossível. Sente como se nunca mais fosse conseguir se mexer.

De repente, então, está correndo pela ponte, com a mochila sacudindo nas costas. Quando chega ao primeiro galpão está ofegante e encharcado de suor, por favor, diz ele, eu me lembrei de uma coisa.

O homenzinho não parece se surpreender em vê-lo. Tem a atenção voltada para o punho engomado de sua camisa.

O sul-africano de que lhe falei. O que conseguiu passar sem visto. Acabei de lembrar quanto ele pagou.

Não. A cabecinha asseada oscila de um lado para o outro com tristeza. Seu nome está no livro. Quando seu nome é anotado no livro, não pode ser apagado.

Vinte dólares.

Não.

Trinta.

Achei que você quisesse saber meu nome. Achei que quisesse me denunciar.

Eu me enganei. Estava chateado. Estou muito arrependido. Me desculpe.

Você foi grosseiro comigo. É uma pena. Você disse que queria saber meu nome.

Estou pedindo desculpas.

Eu também peço desculpas. É impossível.

A discussão circular segue e segue. Ele sente como se estivesse em batalha contra um porteiro mítico que ele tem que superar, mas não dispõe das armas ou das palavras certas. Após algum tempo entra outro homem, também de uniforme, mas completamente diferente do primeiro, este está desalinhado e despenteado, mascando algo. Olá olá olá, diz ele, qual é o problema aqui.

Nenhum problema. Só estamos conversando.

Eu sou o chefe aqui, converse comigo.

Ele observa com cautela o novo homem. Tem uma arma e algemas presas ao cinto, e o tipo de cordialidade sincera que pode esconder uma zelosa devoção ao dever. Tem que ser cuidadoso, mas não há tempo para isso. Limpa a garganta. Eu não tenho um visto, explica, mas preciso entrar na Tanzânia. Você poderia me ajudar.

Agora tem início uma longa conversa entre os dois oficiais, em que o livro preto é aberto e examinado, o passaporte é revisado com atenção, muitas ponderações vão e vêm. Cada palavra dos dois confrontos parece estar sendo repetida e examinada. Ao fim desse processo o chefe começa a repreendê-lo. Você foi grosseiro com meu amigo. Você o ofendeu.

Eu pedi desculpas. Disse que estava arrependido.

Diga de novo.

Meu amigo, me desculpe por ter sido grosseiro. Eu não estava pensando.

Assim está melhor, diz o chefe. Agora todo mundo está sendo educado.

Seu nome, indelevelmente inscrito no grande livro preto, é rasurado, e tudo volta a ser possível. Agora que a porta vai finalmente se abrindo, ele está louco para correr atrás do tempo perdido. Mas nenhum desses homens está preparado para se apressar, têm que ver os detalhes no seu próprio ritmo tranquilo. O chefe, em particular, quer explicar a ele a ética da transação, se você quer que um homem transgrida a lei, diz ele, se quer que ele arrisque seu trabalho, você tem que fazer com que valha a pena para ele.

Quarenta dólares fazem valer a pena.

O resto das informalidades se conclui, você tem vacina contra febre amarela, contra cólera, não, então não vá ao posto de saúde, passe direto. O carimbo que você está recebendo não é um visto, é uma permissão de entrada, de modo que você não está em situação legal, se for pego o problema é seu, certo. Venha, eu o acompanho até a fronteira.

No fim os dois vão vê-lo partir, parados na cancela como um par de parentes afetuosos, acenando. Divirta-se. Instantaneamente os numerosos garotos de bicicleta se postam em volta dele, vá comigo senhor, comigo senhor, comigo. Ele escolhe um que parece vigoroso e forte. Tenho que tentar alcançar meus amigos, pago o dobro para você ir o mais rápido que puder. Sim senhor, muito rápido. Ele sobe, o garoto prendeu com arame um assento extra para si próprio em cima do quadro, eles saem penosamente pela estrada.

O plano de Christian, ele sabe, era pegar um ônibus em direção a Mbeya, uma cidade que fica a três horas de distância, de onde sai um trem para Dar es Salaam nessa mesma noite. Tem que encontrá-los antes que partam, na cidade grande ele nunca mais os verá. Ainda tem esperança de que possam èstar aguardando o ônibus. Mais rápido, ele grita para o garoto, você não consegue ir mais rápido. A cena parece bizarra. Há bicicletas indo em ambas as direções, algumas com passageiros, outras sem. A estrada sobe e desce entre montanhas verdes, o sol os fustiga. O garoto trabalha freneticamente, suando muito, e de quando em quando vira a cabeça para soltar um jato de muco pelo nariz. Desculpa, diz ele por cima do ombro. Não precisa pedir desculpas, só se preocupe em ir mais rápido.

Mas, quando chegam ao primeiro vilarejo, as margens da estrada estão vazias e desertas. Ele desce e olha em volta, como se os outros pudessem estar escondidos ali perto. Onde estão meus amigos, pergunta, mas o garoto sacode a cabeça e sorri. Os amigos desse homem esquisito não são uma de suas preocupações.

Ele espera a vinda do próximo ônibus. É como se tivesse chegado a um lugar em que não existe tempo, e onde só ele sente sua falta. Anda de um lado para o outro, joga pedrinhas na estrada, observa uma fila de formigas entrando num buraco do chão, tudo em uma ânsia de convocar de novo o tempo. Quando o intervalo termina, talvez tenha se passado uma hora e meia. A essa altura um pequeno grupo de pessoas está se avolumando à beira da estrada e todo mundo sobe de uma vez no ônibus. Ele acaba sem ter onde sentar e precisa se segurar nas hastes do teto. Do lado de fora o campo é verde e montanhoso, coberto por plantações de chá. Bananeiras batem suas amplas folhas em aplauso.

Passam-se três horas inteiras ou mais até que a estrada desça desse campo elevado e a periferia de Mbeya comece a rodeá-lo. O sol está se pondo e, na luz minguante, tudo o que ele consegue ver são casas baixas e sinistras, feitas sobretudo de lama, rentes ao chão. Ele desce em uma rua esfumaçada, apinhada de gente. Pergunta a uma mulher, você sabe onde fica a estação. Outra pessoa o ouve e repete a pergunta a alguém mais, e ele se vê escoltado por um estrangeiro até um grupo de homens vadiando ali perto. Viu-os ao descer do ônibus, um bando inexpressivo e de aparência dura, todos de gorro e óculos escuros, exalando ameaça. Um deles diz que pode levá-lo à estação por cinco dólares. Ele hesita por alguns segundos com um pânico renovado, tem medo desse homem de óculos escuros cujo carro, ele vê, também tem vidros escurecidos, será que ele realmente deve sair por essas ruas anônimas acobertado por tantos vidros escuros. Mas chegou até ali e não sabe o que mais pode fazer.

O homem dirige muito rápido em silêncio absoluto e para em frente a um prédio comprido que está completamente escuro. Já é noite. Há uma corrente na porta da frente e nenhuma alma viva à vista. Cinco dólares, diz o homem.

Quero que espere por mim. Posso precisar de uma carona para outro lugar.

O homem espera, taciturno e vigilante, enquanto ele percorre o prédio de cima a baixo, gritando e batendo. Por fim encontra uma janela atrás da qual uma luz está acesa. Ele bate e bate no vidro até que alguém vem, espiando-o com desconfiança.

Sim.

Com licença. Sai um trem para Dar es Salaam esta noite.

Hoje à noite não. De manhã. É perigoso aqui. Você devia voltar para a cidade. Venha de manhã.

Volta ao carro e a seu rude motorista, você poderia me levar de volta à cidade. Eu lhe dou mais cinco dólares.

O homem o leva a um hotel próximo do ponto onde ele desceu do ônibus. Você tem sorte, diz a mulher da recepção, conseguiu o último quarto. Mas ele não sente que tenha nem um pouco de sorte ao se sentar na cama, contemplando os vários tons de marrom e bege que o cercam. Não se lembra da última vez em que se sentiu tão só. Decide que vai voltar à estação de manhã. Se não os encontrar lá, voltará para casa. Com isso resolvido, tenta dormir, mas fica revirando de um lado para o outro na cama, acorda constantemente naquele ambiente estranho para observar uma luz esquisita refletida na parede. Ao amanhecer, se veste e deixa a chave na porta.

Em frente ao hotel há uma área aberta onde fica o ponto de táxi. Ao se aproximar do começo da rua, vê Jerome e

Christian entrando num táxi. Paralisa-se por um instante e começa a correr.

O reencontro é de pura alegria de todas as partes, com muito clamor e tapinhas nos ombros. Num espaço de cinco minutos o mundo inteiro mudou de forma, esta cidade que lhe parecia vil e ameaçadora de repente se mostra cheia de vibração e vida.

Vão de táxi até a estação. Também esse edifício não é mais o mausoléu vazio e escuro da noite anterior, transformou-se em um espaço público abarrotado, cheio de barulho e comoção. O trem teve o horário atrasado, e enquanto esperam ele sai em uma longa caminhada com Rodrigo pelas ruas circundantes, à procura de alguma coisa para beber. Uma placa enferrujada de Coca-Cola os conduz ao empoeirado pátio interno de uma casa, onde são servidos embaixo de um guarda-sol desbotado em uma mesa de plástico, com galinhas ciscando entre seus pés. Rodrigo ainda está usando a camiseta roxa, com uma echarpe berrante em volta do pescoço. Enquanto bebericamos, ele me conta uma história sobre meu país. Antes de ir trabalhar em Moçambique, relata, ficou na África do Sul por algumas semanas, morando em um albergue em Joanesburgo. Um dia um jovem viajante americano chegou, foi colocado no mesmo quarto que ele, e os dois ficaram amigos. Na segunda ou terceira noite, Rodrigo e esse americano saíram para beber e foram parar bem mais tarde em um bar em Yeoville, muito bêbados. Rodrigo queria voltar e dormir, mas o americano começara a conversar com um homem negro que acabara de conhecer, e que o convidou a ir a outro lugar para continuar bebendo. O americano já sentia carinho pelo país e o via com bons olhos, comentando com Rodrigo sobre a harmonia racial e a cura em relação ao passado. Partiu com aquele novo amigo e nunca mais voltou.

Rodrigo foi à polícia para registrar o desaparecimento e uma semana mais tarde recebeu uma ligação, a notícia de que o corpo fora encontrado, se ele poderia ir lá para a identificação. A última vez que viu o amigo foi pela janela do necrotério. Ele havia sido encontrado esfaqueado atrás de um grande bloco de prédios da cidade, caído na sarjeta. Um ou dois dias depois um homem do prédio foi preso, e confessou tê-lo matado pelo relógio e por quarenta rands. Pouco depois Rodrigo partiu para Moçambique.

Por que ele me conta essa história eu não sei, mas parece haver nela algum tipo de acusação. Eles terminam as bebidas em silêncio e voltam lentamente à estação. Já é quase meio-dia, para quando está prevista a partida do trem.

Uma hora ou duas depois da partida eles ouvem, pela primeira vez, que a Tanzânia fará dali a dois dias suas primeiras eleições pluripartidárias. Os jornais estão cheios de histórias de possível violência e revolta, os rumores no trem estão carregados de nervosismo. Mas nada disso os toca, há um novo sentimento de celebração entre eles, como se estivessem indo para uma festa.

À noite ele permanece acordado por um longo tempo depois que os outros já apagaram, ouvindo o som lento das respirações, o ruído dos trilhos. Está preocupado com o que irá fazer quando os outros forem embora dali a poucos dias, estará sozinho na Tanzânia em um momento de instabilidade política, sem visto, com a perspectiva de refazer sua rota, passo a passo. Voltar pelo mesmo caminho em qualquer viagem é deprimente, mas ele teme especialmente o modo como se sentirá nessa ocasião.

A parte dele que assiste a si mesmo também está aqui, nem eufórica nem temerosa. Essa parte flutua em seu desapego usual, olhando para baixo e divertindo-se sarcasticamente com a figura que não consegue dormir. Vê todas as complexidades da situação em que ele está e murmura sardonicamente em seu ouvido, veja só onde você foi se meter. Queria visitar o Zimbábue por alguns dias e agora, semanas mais tarde, está em um trem indo para Dar es Salaam. Feliz e infeliz, ele por fim cai no sono e sonha com, não, não me lembro de seus sonhos.

De manhã estão em uma paisagem diferente, fora das suaves montanhas verdes e deslocando-se por uma savana. À medida que se aproximam da costa, deixam para trás a grama amarela e as árvores espinhosas, agora estão de novo em meio a uma vegetação mais densa, o verde exuberante dos trópicos. O ar é quente e úmido, e tem cheiro de sal.

Chegam por volta do meio-dia. Não há qualquer aviso ou anúncio, o trem simplesmente se detém em um trilho lateral e as pessoas descem. Podem ver a cidade a certa distância, amontoada contra o céu. Perguntam-se onde encontrarão um táxi, mas um casal que passa lhes oferece uma carona. O homem dirige uma Range Rover nova e, enquanto tenta se livrar do trânsito, conta que ele e a mulher são diplomatas. Aponta os grupinhos de pessoas visíveis por toda parte nas calçadas, escutando notícias sobre as eleições, ele diz, houve confusão em Zanzibar. Que tipo de confusão. Zanzibar votou dois dias atrás, antes do resto do país, agora os resultados de lá foram anunciados mas alguns partidos os rejeitaram, houve briga, algumas pessoas atiraram pedras. E quanto a todos os outros lugares, será que vai haver confusão por todo o país. Acho que não, diz o homem, fala-se muito mas ninguém vai fazer nada.

O casal os leva até um hotel barato perto do porto. O lugar está quase cheio, mas eles acabam conseguindo dois quartos. Alice, Jerome e Christian ficam em um, Rodrigo e eu no outro. A essa altura todo mundo já está irritado com Rodrigo, que passa o tempo inteiro insatisfeito com tudo e anuncia isso com estridência. Os preços são altos demais, o serviço é ruim, nada alcança seus padrões. Por baixo da aparência extravagante, ele está sempre descontente e infeliz. Agora sua ansiedade está concentrada na questão do dinheiro. Ainda em Mbeya, eles haviam descoberto que tinham um problema. Todos, menos eu, estão viajando com cartões de crédito, que nenhum banco ou estabelecimento aceita aqui. É ridículo, Rodrigo bufa, quem já ouviu falar de alguma coisa assim, que lugar horrível e ultrapassado.

No trem, Christian já me abordou para pedir dinheiro emprestado, em Dar es Salaam ele tem certeza de que conseguirão dar um jeito. Agora todos partem à procura de um lugar onde possam tirar dinheiro. Ele vai junto atrás deles, procurando cidade afora, um périplo de banco em banco. É sempre a mesma história, ninguém aceita cartão de crédito. Alguns bancos dizem que o cartão não será utilizável em nenhum lugar, outros dizem que certos bancos aceitarão, mas não aquele. É uma busca longa e calorenta. Eles já andaram por vários quarteirões e estão começando a cair no desânimo quando ouvem que devem fazer uma última tentativa. Nesse lugar é preciso subir três lances de escada num prédio estreito perto do hotel. O banco fica atrás de duas portas pesadas de madeira, diante das quais, ainda na escadaria sombria, um guarda de óculos escuros vigia de trás de uma escrivaninha. Vou esperar aqui, diz ele, e senta na escada. Christian, Alice e Rodrigo passam pelas portas de madeira e de repente ele é deixado com Jerome.

Esta é a primeira vez que ficam a sós. Agora que o momento surge de forma tão inesperada, ele não sabe o que fazer. Está sentado na escada, de frente para o guarda, enquanto Jerome anda para lá e para cá pelo vestíbulo escuro, parecendo inquieto. Dá meia-volta e vem se sentar ao meu lado no degrau. Só a velocidade com que o faz revela quanto está nervoso. Segura meu braço.

Com grande dificuldade, procurando as palavras, propõe, quer vir para a Suíça comigo.

Eu estou espantado. Nada preparou o terreno para essa pergunta. Minhas palmas estão suadas, meu coração bate forte, mas da agitação por trás da minha testa só uma pergunta, a mais estúpida e irrelevante possível, consegue exprimir-se com dificuldade, mas o quê, eu digo, o que eu vou fazer lá.

Você pode trabalhar, diz ele.

Então as portas do banco se abrem, os outros saem, ele e Jerome se separam, e nunca mais estarão a sós nesta viagem.

Não adianta, diz Christian. Eles não aceitam cartão.

É como ser atingido por um raio. Ou como ser empurrado de um beiral, sobre o qual, ele percebe, vem se equilibrando há dias. Nada é como antes. Quando segue os outros escada abaixo e sai à rua, está olhando tudo através de uma estranha camada de vidro, que tanto distorce quanto clarifica o mundo.

Já é tarde demais para continuar procurando, todos os bancos estão fechados. Mas a essa altura já está claro também que o problema não tem solução. De manhã eles irão à embaixada francesa, talvez consigam ajuda e conselhos lá.

O resto do dia passa sem propósito, eles vão ao hotel vizinho para nadar, ficam deitados por ali, conversam. Em Jerome não há sequer um mínimo traço da estranha febre que o acometeu na escada. Naquela noite eu os acompanho à recepção de um hotel caro para usar o telefone. Alice e Jerome querem ligar para a mãe, há meses não falam com ela. Leva um bom tempo para conseguirem a conexão, eles têm que esperar muito naquele saguão amplo e cheio de ecos. Enquanto ele ouve a metade de cá da conversa que cruza o mundo, ah, Maman, il est si bon d'entendre ta voix, as sílabas de um idioma que ele não entende transportam uma intimidade e um afeto que ele entende, e quase pode imaginar a outra vida de onde eles vêm, bem longe ao norte, e para a qual ele foi convidado. Será que devo ir. Será que posso ir. Sua própria vida se estreitou em uma bifurcação, onde ele hesita em um êxtase indeciso.

Não tem que decidir agora, sempre existe o amanhã, amanhã. Mas de manhã nada mudou. Ele os acompanha à embaixada para que peçam ajuda. Nós podemos emprestar dinheiro a vocês, dizem as pessoas da embaixada, subam até o Quênia, onde poderão usar o cartão. Cria-se uma breve discussão mas o fato é que não há escolha, sem dinheiro não há nada mais que possam fazer. Eles vão para o Quênia na manhã seguinte. Ele já sabe o que os outros vão lhe perguntar, os outros já sabem o que ele vai responder. Sim, eu vou para o Quênia com vocês.

Não lembro o que eles fazem no resto do dia. A próxima lembrança que ele tem é de acordar no meio da noite com um holofote iluminando o teto de forma intermitente, e o ruído de Rodrigo se masturbando furtivamente sob os lençóis.

No dia seguinte são as eleições, mas pelas janelas empoeiradas do ônibus a cidade parece igual a antes. Levam mais de uma hora para percorrer os becos e ruelas próximos à rodoviária. As fachadas complicadas das lojas, com sua miríade de degraus e janelinhas, fazem-no pensar nas vísceras de algum animal enorme, através do qual eles se arrastam como um germe.

Mas, quando se livram da cidade e estão na estrada aberta, o ônibus acelera a uma velocidade alarmante. Estão sendo dirigidos por um indiano psicopata aparentemente propenso a matar todos eles, fazendo ultrapassagens em pontos cegos, competindo com algum outro ônibus para quebrar um velho recorde, entrando nas curvas sem desacelerar. Um tipo de terror desnorteante desce sobre ele, que se agarra à poltrona e vê o mundo se derramando para trás como em um sonho. A estrada começa a subir quando se aproxima da costa, através de uma ampla planície verde a água lisa reaparece continuamente, palmeiras, lagoas, mangues, todos os detritos dos trópicos, vilas e povoados ficam para trás, breves relances de outras vidas que espreitam a dele em mínimas colisões de imagens.

Quando chegam ao posto de fronteira ele fica ansioso, e se notarem que ele não tem visto. Mas ele passa quase mais rápido que os outros, um carimbo de saída plantado como um hematoma ao lado do carimbo de entrada que comprou poucos dias antes. Enquanto vão entrando no Quênia, já escurece e uma garoa firme começa a cair. Aproximando-se de Mombaça, há mais e mais pessoas à beira da estrada. A chegada final é de balsa, sobre a qual eles se deslocam por águas abertas até a cidade, ele para junto ao parapeito e observa as luzes amarelas através da chuva. O hotel que conseguem é ainda mais deprimente, dois lances de escada levam ao andar em que estão, o lugar inteiro parece feito de concreto bruto, no meio de cada quarto um ventilador de teto trepida e gira. O prédio também serve como bordel, os andares de baixo são ocupados por prostitutas que zanzam por ali no saguão ou na calçada da frente, oi querido está olhando para mim haha haha. Estão de novo em dois quartos, ele e Rodrigo separados dos outros, mas uma sacada estreita do lado de fora os conecta. Dessa sacada, se pode ver do outro lado da rua um prédio semelhante que os confronta, em cujos quartos eles veem vários atos sexuais em progresso, cada um em seu cubículo iluminado.

Desta vez o convite não vem de Jerome, mas de Alice. No almoço do dia seguinte, faz-se um breve momento de seriedade à mesa, você não quer vir conosco, conseguimos um voo barato para Atenas, minha mãe tem uma casa em uma cidadezinha grega. Vamos passar algumas semanas lá antes de voltar para casa. Ele olha para Jerome, que diz, vem. Mas não há eco do último convite na escada, este é um oferecimento formal que ele poderia rejeitar com facilidade.

E depois, quando a Grécia acabar, diz ele. O que eu vou fazer. Vou pensar, respondo mais tarde.

Sai caminhando pela cidade antiga, entre fachadas altas e fantásticas, o movimento sempre foi um substituto para o pensamento e ele quer parar de pensar agora. Passeando por ali, vai parar em uma loja de antiguidades de estilo sombrio, cheia de carpetes orientais e candelabros de latão, seu olhar desliza por esse mundo material até que uma figura humana o faz recuar. De onde você é. O homem tem uns cinquenta anos, é branco, tem um rosto grande e frisado e um ar lúgubre. Tem um sotaque inglês improvável, muito exagerado. África do Sul, meu Deus, como você veio parar aqui. Pelo Malaui, eu digo. Estou partindo para o Malaui daqui a poucos dias, pode olhar à vontade, por favor. Como você disse que era seu nome.

Por alguma razão esse magro expatriado permanece em sua mente mesmo quando ele volta ao hotel, em toda esta cidade suja e meio decadente ele é o único outro, além de seus companheiros, que sabe meu nome. Senta-se na sacada ao escurecer, espreitando a rua quente e chuvosa, onde um táxi encosta e uma prostituta desce, uma das mulheres extravagantes dos andares de baixo, com um homem branco de barba, da idade dele. Beijam-se demoradamente ao lado do carro, suas línguas reluzem no ar úmido, o homem volta a entrar no táxi e vai embora.

Quando à noite todos saem para comer, o humor na mesa é melancólico. Os outros estão pesarosos por pensamentos diferentes, o fim de nove meses na África, talvez, a perspectiva de voltar para casa. Mas em algum momento entre os fragmentos intermitentes de conversa a pergunta reaparece, você decidiu o que fazer. Não, ainda não, de manhã decido.

Nessa noite ele mal dorme. Fica rolando na cama, observa o ventilador girando sem parar, levanta-se e vai até a sacada, volta para a cama. Sua mente está fervendo, ele não consegue esfriá-la.

De manhã todo mundo se levanta cedo. Há grande comoção e atividade, e não demora muito para que Jerome entre para perguntar de sobrancelhas erguidas, decisão positiva.

Ele balança a cabeça de um lado para o outro, sua voz não se deixa exprimir com propriedade. Tenho que voltar.

Jerome não responde, mas seu rosto se enrijece.

Assim, a jornada termina com três pequenas palavras. Ninguém discute com ele, todos estão tomados por seus afazeres, recolhendo as coisas e fazendo as malas. Ele não quer ficar sentado olhando, e por isso avisa a Christian que vai dar uma volta.

Temos que sair às dez.

Vou voltar antes disso.

Sai pelas ruas abarrotadas, passeia sem um plano claro, mas não se surpreende ao se ver de volta à sombria loja de antiguidades. O débil expatriado está lá de novo, equilibrado com uma xícara de café sobre uma pilha de tapetes. Estive aqui ontem, eu lhe digo.

Ah sim, diz ele vagamente.

Você mencionou que estava indo para o Malaui em alguns dias.

Sim, sim, estou pensando em fazer isso.

Estava me perguntando se você não estaria procurando algum companheiro para a viagem.

Diante disso aqueles olhos escuros se iluminam um pouco, ah sim, isso seria bom. Por que você não vem amanhã e definimos um plano. Qual é mesmo seu nome.

Damon. Meu nome é Damon.

O homem repete o nome. Ele volta para o hotel às nove e meia, mas não há sinal dos outros. A princípio imagina que estejam ali perto tomando café em algum lugar, mas em seguida se dá conta de que partiram. Quando Christian disse dez ele devia se referir ao horário em que o ônibus saía, a essa altura eles estão na rodoviária.

Pensa que deve correr até lá para se despedir. Mas, quando chega ao térreo, outra convicção lhe sobrevém. Não, será melhor assim, eles vão tranquilos sem que eu os veja. Por isso volta a vagar pelas ruas, mas na direção errada, afastando-se da rodoviária, olhando as pessoas, as lojas, qualquer detalhe que possa distrair sua mente. Já pode sentir os próximos dias se alongando nessas caminhadas inúteis e horríveis, não há nada mais sórdido do que ter que matar o tempo.

Mas de repente ele dispara, correndo na outra direção em meio à gente. De onde vem esse movimento, até ele é tomado de surpresa. Procura um táxi mas nenhum aparece naquele trânsito denso. Chega à rodoviária com poucos minutos de sobra e tem que achar o ônibus certo. Quando o encontra, o motor já está ligado, um homem na porta lhe diz que ainda há espaço. Entre, pegue uma poltrona, eu lhe vendo a passagem agora. Não, não, eu quero me despedir dos meus amigos.

Todos descem, reunindo-se à beira da estrada com um ar de desalento, nenhum deles chega de fato a se olhar. Ele quer dizer alguma coisa, a palavra perfeita que contenha seu sentimento, mas essa palavra não existe. Em vez disso não diz nada, faz gestos vagos que morrem antes que os complete, balança a cabeça e suspira.

Tchau, diz ele.

Você vem à Suíça, certo, pergunta Jerome mais uma vez.

Tudo isso é dito com desafeto, não há qualquer traço de sentimento em toda a cena, e a essa altura o motorista já está buzinando com impaciência. Temos que ir, diz Christian. Sim, eu digo, tchau. Inclino o corpo para a frente, agarro Jerome pelo braço e aperto forte. Prometo que voltarei a ver você.

Tchau.

Ele e Alice sorriem um para o outro, ela se vira e sobe os degraus. Rodrigo se aproxima para abraçá-lo, meu amigo se cuide, o mais estranho é o mais efusivo de todos.

Vai voltando devagar em meio à algazarra e ao caos. Ainda não tem plena consciência do que aconteceu. Quando volta ao hotel, vai pagar ao proprietário por mais uma noite e, enquanto vasculha o bolso à procura do dinheiro, sente uma mão furtiva puxando sua braguilha. Pula para trás de susto, a mão pertence a uma das prostitutas, talvez a mesma que ele viu aos beijos na rua na noite anterior, seus lábios vívidos sorriem para ele na penumbra. Só estou tentando ajudar você, diz ela.

Não preciso de ajuda.

A veemência de seu tom é impressionante, ela solta algo como um uivo de zombaria, ele se desvencilha e sobe as escadas. De alguma forma esse incidente liberou seus sentimentos, uma fina coluna de tristeza sobe nele como mercúrio. Entra no quarto e olha ao redor, pela varanda vai até o quarto deles. Está tudo como antes, as três camas, o ventilador girando indiferente sobre sua cabeça. Ele se senta no braço de uma poltrona. Há papéis amassados no chão, envelopes, bilhetes, páginas de um livro, que eles deixaram para trás ao limparem suas malas, e esses papéis brancos e avulsos, revolvidos pelo vento do ventilador, são mais tristes para ele do que qualquer outra coisa que aconteceu.

Jerome, se eu não sou capaz de fazê-lo viver em palavras, se você é apenas a pálida evocação de um rosto sob uma mecha de cabelo, e os outros também, Alice, Christian e Rodrigo, se vocês são nomes sem natureza, não é porque eu não lembre, não, o contrário é verdadeiro, vocês são recordados por mim como intermináveis agitações e giros. Mas é precisamente por isso que vocês têm que me perdoar, porque em toda história de obsessão só existe um personagem, uma única trama. Estou escrevendo só sobre mim, é tudo o que eu sei, e por isso sempre fracassei em cada amor, que é o mesmo que dizer bem no coração da minha vida.

Ele está sentado no quarto vazio, chorando.

Nao esta preparado para os dias tão ruins que serão estes próximos. Passa muito tempo deitado na cama, olhando o ventilador de teto. De repente ele não aguenta mais, dá um salto e sai às ruas, andando rápido como se tivesse um propósito ou um destino, mas essas andanças sempre se exaurem em algum ponto, muitas vezes em uma viela à beira do mar, onde ele contempla em meio à névoa algum veleiro que passa.

Volta algumas vezes à loja de antiguidades. O expatriado, cujo nome é Charles, se mostra sempre vago em seus planos, mas ele insiste que, sim, vai para o Malaui. Só quer esperar um dia ou dois, diz ele, até que acabe a questão das eleições na Tanzânia, nunca se pode ter certeza, você sabe, afinal, isto é a África. Nessas conversas ele sempre tem que perguntar meu nome em algum momento, para de novo esquecê-lo de imediato.

Enquanto isso ele se prepara para a volta, vai ao consulado e consegue um visto apropriado para a Tanzânia. Depois vai ao posto de saúde e consegue as vacinas de que precisa. O médico indiano com quem fala lhe diz sorridente quanto elas vão custar, depois se inclina para a frente em confidência e pergunta, você realmente quer essas vacinas.

Não entendo.

Você pode pagar e ser vacinado, ou pode pagar e não ser vacinado, eu não ligo, você que sabe.

Ele paga e não é vacinado, está aprendendo como as coisas funcionam. Se o carimbo no documento estiver correto, o que ele deveria significar não interessa a ninguém.

Na terceira vez que volta, Charles está mais animado do que antes. Podemos ir depois de amanhã, diz ele, que tal. Os resultados das eleições na Tanzânia já foram divulgados, mas todo o processo foi denunciado como altamente irregular, tendo que ser recomeçado desde o princípio. Não parece que vá haver problema, diz Charles, eles estão se comportando. Só tem uma coisa, eu moro fora da cidade, venha passar o dia lá comigo amanhã.

Está na loja de manhã, e pouco depois eles partem na surrada van de Charles. Voltam na balsa e seguem pela estrada costeira. Ele passa seu último dia no Quênia em um resort na praia, perto de onde Charles mora com sua família.

É também nesse dia que os outros estão indo embora do Quênia, ele sabe o horário do voo. Às duas da tarde, parado em uma praia deserta de areia branca e brilhante, perscrutando o oceano que se alonga em gradações de cor, cada vez mais profundo em direção à linha da arrebentação que marca os arrecifes à distância, ele olha o relógio e sente a partida deles quase como uma mudança física em si mesmo. Seu coração deixando de bater por um instante, digamos. Vocês estão correndo pela pista, vocês estão decolando, vocês estão lentamente se inclinando para o norte e cada vez mais longe, mais longe.

É por esse instante que ele percebe que cometeu um erro. Devia ter ido com eles, é claro que devia. Por que está voltando para casa. Passaram-se só uns poucos dias, mas sua decisão já não faz sentido. Vê com clareza o que o espera na África do Sul, o mesmo estado de vácuo, a mesma deriva de um lugar a outro. Nunca essa condição foi tão obviamente o que ela é, uma ausência de amor. Ele se sente mal com o significado do que fez.

Mas não é tarde demais. O que cresce nele agora é uma urgência de fazer o gesto maior e mais dramático de todos, ele vai persegui-los não por poucas centenas de quilômetros, mas atravessando metade do mundo. Passa a tarde subindo e descendo a praia, fazendo e refazendo seu próprio trajeto entre as palmeiras, enquanto pondera o que fazer. É inteiramente possível. Ele tem que voltar à África do Sul tão rápido quanto puder, recolher algum dinheiro e voar para a Grécia em poucos dias. No papelzinho da fronteira da Tanzânia ele tem o número da casa de Jerome, onde está a mãe dele. Tem que ligar para ela e descobrir onde estão, como chegar a essa casa de veraneio. Vai de Atenas para lá, vai chegar do nada alguma noite, saído do passado recente, de braços abertos, sorrindo. Sou eu de novo, vim encontrar vocês.

A inda está atordoado quando ele e Charles partem na manhã seguinte. Charles está de short e sandália, e com um grande chapéu de palha na cabeça. É um homem bonito à sua maneira ossuda e desleixada, mas estudando-o de perto você começa a ver os sinais de decadência. Suas unhas estão sujas, ele tem manchas de nicotina nos dentes, em volta dos olhos os vincos são profundos e escuros como velhos hematomas. Há algo em seu espírito que faz pensar em um fruto maduro demais, macio e polpudo no centro. Pouco antes de chegarem à fronteira, ele encosta em um canavial e acende um imenso baseado. Para me acalmar, diz ele, antes de lidar com esses escrotos.

O caso é que ele está contrabandeando em tapetes afegãos um valor equivalente a vinte mil dólares, escondidos em dois barris de petróleo no porta-malas. Destinam-se, ele me diz depois, a um ou outro oficial da embaixada americana em Dar es Salaam, sendo uma das razões por que ele está fazendo essa viagem. Charles sua e treme como um viciado quando estão atravessando a fronteira, mas depois sua compostura é quase de tédio. Não haveria problema se fossem encontrados, ele diz levianamente, uma nota rápida de cinquenta dólares e os fiscais olhariam para o outro lado. Conheço esses caras, falo a gíria deles.

Quando, à noite, chegam a Dar es Salaam, ele os conduz a uma casa ampla em um dos subúrbios mais exclusivos, com uma grade metálica e um segurança do lado de fora. É a residência de alguma autoridade da embaixada, uma mulher roliça de meia-idade que usa óculos e sai para recebê-los com um sorriso largo.

Ela aceita que passem a noite ali, e ele se vê em um quarto luxuoso, cortinas e tapetes grossos, um banheiro com azulejos até o teto. Parece irreal, mas não tão irreal quanto o jantar nessa noite, acompanhados do embaixador romeno na Tanzânia. Por algum bizarro motivo há um retrato de Lenin na parede, e quando o vê o embaixador faz o sinal da cruz em autodefesa. Eu fico em silêncio sob o peso daquela situação surreal, contente de estar sozinho na cama não muito depois. Do lado de fora, um rádio vibra e arrota a noite inteira, deixando vazar vozes americanas falando em código.

No dia seguinte vão até Mbeya e se instalam em um hotel. Desde que saímos do Quênia, Charles não me chamou por nenhum nome, mas essa noite, no bar, eu o ouço dizer, Noel, Noel, e quando olho para trás vejo que está falando comigo. Por que se fixou nesse nome é difícil dizer, mas eu estou esgotado demais para corrigi-lo. A essa altura já há um alto nível de irritação entre eles, e ser chamado de Noel é parte do negócio.

No dia seguinte, quando entram no Malaui, a irritação está prestes a se tornar discussão. Quando perdem uma saída em algum lugar, Charles começa a repreendê-lo, você devia estar prestando atenção nas placas, Noel, e ele tem que se forçar a guardar silêncio. Mais tarde Charles discorre sobre o que há por trás dos sorrisos malauianos, estão fingindo ser inocentes mas são muito malandros, eu já vi isso antes. Não se deixe enganar, Noel, eu já saquei qual é a deles.

É hora de ir em frente e, na manhã seguinte, quando chegam ao lago, ele se despede. Charles está preocupado, por que não fica aqui mais um tempo, ele não quer ser deixado sozinho com os malandros malauianos. Mas o sul-africano rejeita com a cabeça, em dois dias ele pode estar de volta em casa, sua mente se deixa levar constantemente para o norte, para a Grécia. Está certo, Charles resmunga derrotado, então vá. Mas escreva seu endereço no meu caderno, caso algum dia eu apareça na Cidade do Cabo.

Eu hesito com o caderno na mão, sem saber o que escrever. Depois de um momento anoto meu nome, Noel, e um telefone antigo, nunca mais vou ver Charles.

Daqui a viagem de volta é tranquila, Noel vai saltando de um ônibus a outro, só parando para passar a noite em Blantyre. Em mais dois dias está em Pretória, de volta à África do Sul. Levou seis dias desde Mombaça, tendo percorrido meio continente.

O tempo todo durante a volta ele não pensou em nada além do que quer fazer, consumido pelo desejo de ir à Grécia. Mas agora algo lhe acontece. De volta entre coisas familiares, os objetos e os rostos que são ícones de sua vida habitual, um tipo de apatia se instala nele. É como se estivesse em choque. Será que eu fiz mesmo isso, pensa consigo, realmente fui seguindo-os por todo esse caminho. E em vez de se precipitar em seu ímpeto de comprar passagens e fazer planos, vê-se sentado ao sol, ruminando sobre o que aconteceu. Agora tem ainda menos certeza do que antes sobre o sentido de tudo aquilo.

De um modo imperceptivelmente gradual, ele aceita a ideia de que a viagem acabou, de que está de volta aonde ela começou. A história de Jerome é algo que ele já viveu antes, é a história do que nunca aconteceu, a história de uma longa viagem enquanto ainda se está parado.

Nos sonhos ele está constantemente vendo mapas, nos quais há continentes e países, mas eles não se parecem com o mundo real. Nesses mapas os países verdadeiros estão reunidos em configurações novas e peculiares, México no topo da África, ao lado de Bornéu. Ou então os países têm nomes míticos e formas que evocam nele um desejo. Sempre se sentiu atraído pelo que há de estranho nos lugares, por aquilo que não conhece em vez daquilo que conhece.

Quatro meses mais tarde ele vai à Europa. A primavera acaba de começar e as ruas de Amsterdã se mostram frias enquanto ele caminha e caminha. Pega um ônibus para Bruxelas, vai de trem a Estrasburgo. Por um tempo visita um amigo na Floresta Negra e, em seguida, numa manhã clara com um primeiro traço de calidez no ar, pega um trem rumo ao sul, rumo à Suíça.

Escreveu para dizer que estava indo e, da Alemanha, poucos dias antes, fez uma ligação. Jerome não estava em casa e, quando Alice veio ao telefone, mostrou-se a um só tempo surpresa e feliz. Sim, ela disse, venha nos visitar, estamos esperando você. Mas agora, o trem serpenteando entre as montanhas, emergindo por fim no céu aberto e brilhante sobre o lago, ele tem de novo uma vaga lembrança do medo que o arrebatou na África. Fica parado à janela, olhando as casas e as ruelas que passam às margens da água, e sente a dúvida que o atinge com frieza.

Tem que trocar de trem e pegar uma linha local menor que acompanha o lago. Salta na quinta ou sexta parada e desce as escadas que o levam a uma praça de pedra, de onde ladeiras estreitas conduzem à água. O lago tem uma cor azul-prateada, quase sem qualquer vinco em sua superfície, e do outro lado, ao longe, as montanhas se erguem em cristas afiadas e irregulares.

Agora que esperou tanto e foi tão longe, não tem pressa em chegar. Senta-se na praia por um longo tempo, pensando. Gostaria que esse momento permanecesse indefinidamente em suspenso, para que nunca mais precisasse se mover.

Mas ao correr da tarde pega sua mochila e vai andando junto ao lago, na direção de onde veio o trem. O caminho se estreita e se deixa cobrir por árvores, passando um cais após o outro. Há cisnes deslizando na água, sustentados por seus próprios reflexos. Depois de meia hora ele topa com uma rua pequena que sobe do lago, e seu nome é o que está escrito no pedaço de papel do Malaui.

A casa é grande, recuada da esquina, com um jardim atrás. Ele bate e depois de um tempo ouve passos e a porta se abrindo. Olá, estávamos esperando por você. A mãe de Jerome tem cabelos curtos e um largo sorriso de boas-vindas, entre, entre. Parece genuinamente contente em vê-lo, e lhe estende a mão. Meu nome é Catherine.

Ao se cumprimentarem, examinam-se um ao outro. Ele não faz ideia do que ela espera e do que lhe contaram sobre ele. Jerome acaba de chegar em casa, ela anuncia, é uma surpresa. Supostamente ele só viria amanhã. Vai ficar tão contente em ver você. Ela pede a uma garota parada por ali, vá chamar Jerome.

Enquanto esperam, vão se sentar em uma varanda de pedra atrás da casa. No jardim há uma árvore, um balanço, e, atrás de uma cortina de folhas ao fundo, um relance do lago. Alice aparece, sorrindo. Produz-se o estranhamento feliz do olá, olá, como você está, olhando-se e ao mesmo tempo desviando o olhar.

Quando Jerome surge, está usando um uniforme militar azul e tem o cabelo brutalmente raspado. Apertam-se as mãos, sorrindo com timidez, sob os olhos da mãe e de Alice. Ah oi sim excelente. Jerome, estou contente em ver você. O diálogo e os gestos são mínimos e falsos, como um papel brilhante que envolve o significado daquele momento.

Todos se sentam inquietos em volta da mesa exterior. A garota que foi buscar Jerome é sua irmã mais nova. Tem catorze ou quinze anos e um rosto redondo, alegre. Uma irmã mais velha chega pouco depois. A conversa oscila para a frente e para trás, voltando continuamente a ele, que percebe toda a curiosidade que os outros sentem. Mas ao mesmo tempo ele é também um observador, vendo Jerome em seu círculo de mulheres, sob a luz que se dissipa.

Por que não vão dar uma volta, sugere Catherine. Antes do jantar.

Ele vai com Jerome pelo gramado até um portão no fundo do jardim, e por uma ruela estreita até as margens do lago. Estão novamente a sós pela primeira vez desde aquele minuto do lado de fora das portas do banco. Mas tudo é diferente agora. Prolonga-se a estranheza artificial daquele primeiro momento na casa, eles não sabem o que dizer um ao outro.

Então é aqui que você mora.

Sim. Sim.

É bonito aqui.

Ah. Sim. Eu gosto.

Só uma vez a máscara da tensão se rompe brevemente, quando eu lhe pergunto, é difícil voltar.

Sim. Sim. Sua boca trabalha para encontrar as palavras. Na minha cabeça estou viajando, viajando.

Sei o que você quer dizer.

Jerome está fazendo o serviço militar, voltou para casa só para passar o fim de semana. Enquanto está aqui, dividem seu quarto, o visitante dorme em um colchão no chão. Embora esta parte da casa esteja apartada do resto, sendo, na verdade, outra residência, pequena, eles nunca se afastam dos demais membros da família. É agradável sentar ao sol atrás da casa, conversar com Catherine, ou passear pelas lojas com Alice ou uma das outras irmãs. Jerome é sempre gentil e solícito, convida-o para qualquer lugar aonde vá e o apresenta aos amigos, e ele se deixa levar nas saídas e representa o papel de hóspede satisfeito.

No domingo o pai de Jerome vem fazer uma visita. Já há alguns anos ele mora separado, do outro lado do lago, e na família sua separação deixou o persistente traço da perda. Por isso, nesse dia, quando fazem uma fogueira para cozinhar no jardim e batem uma bola de um lado para o outro sobre uma rede, há um sentimento de completude e unidade entre eles, um sentimento que eu só posso testemunhar. Senta-se no balanço, empurrando-se para a frente e para trás, assistindo, como se estivesse a uma grande distância, a essa cena que na África seria inimaginável.

Como já sente um apreço por todos, quando Jerome parte essa noite, pegando o trem para uma base militar do outro lado do país, ele não se incomoda de ser deixado apenas com a família. Passa muito tempo caminhando às margens do lago, pega o trem para o centro da cidade e passeia por ali também. Um dia visita uma galeria de arte marginal, pinturas e esculturas feitas da perspectiva de loucos e perdidos, e dessa coleção de imagens fantásticas e febris ele só retém uma única linha, o título do livro de um artista sérvio cujo nome me foge, Ele Não Tem Casa.

No fim de semana seguinte Jerome está de volta, mas, se ele estava esperando que o intervalo de cinco dias mudasse alguma coisa entre eles, isso não acontece. São agradáveis e educados um com o outro, mas a interação tem algo da característica de uma carta que Jerome lhe mandou, a apresentação estudada e cuidadosa de palavras que foram traduzidas e copiadas de um dicionário. Não é apenas Jerome quem faz as coisas assim, ele também tem que aguentar a dolorosa falta de jeito que lhe é própria. Não consegue ser fiel a si mesmo, é uma versão comedida de sua própria natureza, e tampouco reconhece no cabelo raspado e na retidão militar da pessoa cujo quarto ele compartilha o jovem suave e gentil com quem viajou quatro meses antes.

Há pistas, talvez, de que seja possível superar esse estado. Jerome faz algum comentário hesitante sobre os planos que tem para o futuro, como, quando terminar esse período do exército, gostaria de viajar por terra até a Grécia. Mas isso só acontecerá dentro de dois meses. A possibilidade de outra viagem compartilhada paira no ar, ambos a consideram, mas nenhum deles tem coragem de voltar a dizê-lo.

Ele já sabe que tem que seguir. Na noite anterior à chegada de Jerome no fim de semana seguinte, dá um passeio pela praia. Um nevoeiro começa a vir do outro lado, turvando os contornos dos barquinhos atracados. Quando chega a um cais que se projeta bastante para dentro do lago, vai andando sobre as tábuas de madeira até o fim. A partir daqui já não há praia, nenhuma ponta até onde ele possa ver. Ele está à deriva em meio à neblina branca, com a água batendo suavemente embaixo, o ar frio correndo por seu rosto. Debruça-se sobre o parapeito, deixa o olhar se perder no branco e se põe a pensar sobre tudo o que aconteceu.

Quando Jerome volta desta vez, ele encontra um instante para fazê-lo saber, estou indo embora na segunda. Para Londres. Não posso ficar aqui para sempre. Tenho certeza de que sua família deve estar se cansando de mim.

Não, não. Jerome é veemente em seu protesto. Você pode ficar.

Ele balança a cabeça com suavidade e sorri, tenho que ir, não posso ficar parado.

Mais tarde Jerome volta a procurá-lo, trazendo um amigo que mora a algumas casas de distância. Este amigo fala inglês fluente e veio junto, ele diz, para traduzir.

Jerome diz que você tem que ficar.

Não, de verdade. Diga que agradeço. Mas não posso. Talvez eu volte.

Quando, diz Jerome.

Mais tarde. Quando eu já tiver viajado por um tempo.

E é verdade, diz ele a si mesmo, talvez ele volte. Sempre há uma outra vez, mês que vem, ano que vem, quando as coisas forem diferentes.

Mas depois destes lampejos de sentimento, esse último fim de semana é muito parecido com os outros. Jerome se mostra amigável mas distante, não faz nenhum esforço especial para conversar ou para ficarem a sós. Num dado momento ele sugere, que tal se falarmos com Christian, e pega o telefone. Mas o telefone toca e toca. Jerome diz, mais tarde, e desliga, mas nunca voltam a tentar.

Na manhã de domingo, quando Alice leva o irmão até a estação, ele vai junto para se despedir. Jerome está de uniforme mais uma vez, com todos os seus botões reluzindo, os sapatos pretos refletindo a luz. Orgulha-se de sua aparência, embora finja que não. Todos entram juntos no bar para esperar. Dois amigos ali, também de uniforme, vão viajar com ele, havendo apresentações, apertos de mão e cordialidades murmuradas por toda parte.

Você vai amanhã, diz Jerome por fim.

Vou.

Mas volta depois.

Talvez.

Um dos amigos diz alguma coisa e todos se levantam. Desculpe. Temos que ir.

No fim eles voltam a se dar as mãos, sorrindo com formalidade, em meio a todas as superfícies artificiais e os botões militares que brilham como olhos. Nunca foram tão distantes, tão educados. Na manhã seguinte sua partida será o eco desta. Ele já foi embora, ou talvez nunca tenha chegado.

Vai a Londres, mas a mesma inquietude lhe sobrevém ali, e ele segue para outro lugar. E de novo para outro lugar. Cinco meses mais tarde se encontra em um país estranho, à beira de uma cidade estranha, com o sol se pondo. Observa as pessoas que vão entrando em um parque de diversões do outro lado de um terreno de vegetação alta. Uma música circense o alcança por cima do mato e, na penumbra que se acumula na base de um vulcão alto e verde, ele vê as luzes de uma roda-gigante que gira, gira e gira.

Não sabe por que, mas esta cena é como um espelho em que ele se enxerga. Não seu rosto, ou seu passado, mas quem ele é. Sente uma melancolia tão suave e incolor como o vento, e pela primeira vez desde que começou a viajar ele pensa que gostaria de parar. Fixar-se em um lugar, não se mover nunca mais.

Oito meses depois de ter passado por lá está de novo em Londres, voltando para casa. Só vai passar uma semana ali, depois da qual voará para Amsterdã e dali, cinco dias depois, para a África do Sul.

Liga para Jerome de um telefone público. Não sabe bem por que está ligando, a não ser pelo fato de ter prometido que o faria, e não tem certeza se deve fazer uma nova visita. Antes mesmo que possa mencionar a ideia Jerome já a coloca, venha, venha, por favor. Desta vez, mesmo através da veia fina da linha telefônica, ele pode ouvir a urgência do convite.

Preciso pensar, diz ele, não tenho dinheiro.

Minha família, tudo bem, sem dinheiro.

Também não tenho tempo. Só tenho quatro dias antes de ir. Talvez, está bem, vou ver. Eu ligo de Amsterdã.

Mas antes de chegar a Amsterdã ele já decidiu que não vai. É verdade que tem pouco dinheiro e tempo, mas esses não são os motivos de sua decisão. A lembrança da última visita ainda é forte em sua mente, ele a carregou consigo durante todas as suas viagens, e teme que a mesma coisa volte a acontecer. Ele vai chegar, vai ser muito bem-recebido, vai passar um dia ou dois com placidez e conforto, mas o silêncio e a distância entre eles, que de algum jeito eles incubaram desde o primeiro dia em que se viram na África, vai se amplificar e crescer, mesmo que se mostrem cada vez mais gentis um com o outro. Não é isso o que ele quer, aliás, é muito profundamente o que ele não quer, embora tenha precisado dessa curta conversa ao telefone para perceber quão infeliz a primeira visita o deixou.

Assim, em vez disso, ele desce até Paris e cambaleia sem rumo pelas ruas, entrando e saindo das lojas, sentando-se nos bancos. Tem consciência de que voltou a se engajar na mais esquálida das atividades, matar o tempo, mas a viagem não terminou onde ele gostaria que terminasse, deixando-se desgastar em intermináveis ambiguidades e nuances, como um caminho que se divide e se divide infinitamente, o tempo inteiro se tornando mais indefinido.

Há momentos, é verdade, naqueles três ou quatro dias, em que uma vontade de voltar à Suíça cai sobre ele como uma pontada, são só umas poucas horas de trem, ele poderia fazê-lo em um impulso, mas em seguida se lembra de como retornou da última vez, o vazio pesando nele como uma mala preta acorrentada à sua cintura.

Quando passa por um telefone público às vezes lembra que prometeu ligar, mas ainda não consegue cumprir a promessa, ainda não. Haveria uma discussão na linha, as idas e vindas de suas tentativas fracassadas de comunicação, e ele poderia acabar cedendo a contragosto.

Deixa para fazê-lo no último momento, quando está no aeroporto de Amsterdã, com a mala despachada, esperando para embarcar. Há multidões sob as luzes fluorescentes, carregando sacolas das lojas do aeroporto, e do lado de fora, atrás dos vidros grossos das janelas, as formas antinaturais dos aviões em fila. Ele liga de uma fileira de telefones públicos, pressionado de ambos os lados por cotovelos e sílabas estrangeiras. Torce para que Jerome não esteja em casa.

Catherine atende e reconhece sua voz antes que ele diga o nome. Olá, você está voltando para nos visitar.

Não, me desculpe, não posso. Estou no aeroporto agora mesmo.

Ahh. Ela soa decepcionada. Que pena, estávamos torcendo, Jerome estava torcendo.

Eu sei, me desculpe. Ele começa a balbuciar os pretextos sobre dinheiro e tempo, mas sua língua o derruba. Uma outra vez, diz ele, agora com convicção, vai haver outra ocasião para acertar isso.

Uma outra vez, ela concorda, quer falar com Jerome, e embora seu dinheiro esteja acabando ele sabe que é uma obrigação.

Ouve-se uma breve conversa ao fundo antes que Jerome venha, e pela sua voz ele já sabe. Ah, mas por quê.

Sem dinheiro, diz ele mais uma vez, sem tempo.

Venha. Venha.

É tarde demais. Estou no aeroporto. Vou recompensar você, diz, prometo. Outra vez.

Sim, eu quero. Viajando. Ano que vem.

Onde.

Não sei. África. Possivelmente.

Isso seria ótimo, diz ele. Soa como se estivesse sendo convidado, embora as palavras, como sempre, não tenham sido ditas. Jerome, tenho que ir. O dinheiro.

Não entendo.

E então a ligação cai. Ele põe o fone no gancho lentamente, perguntando-se se deve ligar de novo, mas já disse o que tinha para dizer, e de qualquer forma tem que partir. Uma outra vez.

Amigos que vivem em Londres compraram uma casa no campo a três horas da Cidade do Cabo, e quando eu estava de passagem por lá eles disseram que eu podia usá-la para ter onde ficar. Se você acha que pode te agradar, vai estar vazia, seria bom ter alguém que cuidasse.

Ele disse que pensaria, mas no dia seguinte, justo antes de ir embora de Londres, telefonou para aceitar. Parecia de certa maneira uma oferta providencial. Ele não tem outro lugar para onde retornar, e sabe que não pode voltar ao estilo de vida de antes, às mudanças constantes, à falta de raízes. A ideia dessa casa, longe de todos os velhos lugares familiares, é como um recomeço, a possibilidade de um lar.

A mudança não é fácil, ele tem que tirar todas as suas coisas dos depósitos, alugar vans para transportar tudo e convocar amigos para que as dirijam. A casa, quando chega lá, é diferente de qualquer outro lugar em que ele já tenha morado. É rústica e bruta, com um telhado de palha e chão de concreto, e um moinho de vento que gira ao lado da janela do quarto. Seus amigos o ajudam a descarregar e partem de volta à Cidade do Cabo quase de imediato, deixando-o sozinho entre pilhas e pilhas de caixas.

Nessa primeira noite ele se senta no degrau dos fundos, contemplando através de um quintal cheio de ervas daninhas as luzes ocasionais dos caminhões na única estrada que passa pelo povoado. Assiste à lua que sobe por trás dos cumes pedregosos que cercam o vale, vai se embebedando de xerez e se indagando o que fez de si mesmo agora.

Mas ao longo dos próximos dias, varrendo, limpando, desempacotando as caixas e acomodando seus objetos, começa a se sentir melhor em relação ao lugar onde está. Não lhe pertence, mas ele mora ali, não precisa ir embora a não ser que queira. E, à medida que as formas dos cômodos e os ruídos do telhado vão se tornando familiares, um tipo de intimidade se desenvolve entre ele e o lugar, ambos estendem gavinhas e começam a crescer um no outro. Esse processo se aprofunda quando sua vida transborda para o exterior, ele começa a arrancar as ervas daninhas do jardim, cava sulcos e deixa a água correr até as árvores frutíferas e os roseirais. Quando nos galhos mortos começam a germinar botões e folhas, e em seguida explosões brilhantes de cor, ele sente como se aquilo estivesse acontecendo dentro dele.

A essa altura o povoado e mesmo a paisagem que o circunda também estão conectados a ele, não há interrupção entre ele e o mundo, ele já não está apartado do que vê. Quando sai pela porta da frente agora não é para pegar um ônibus, ou para achar outro hotel, ele caminha pelas montanhas e volta para casa. Sua casa. Às vezes se detém em qualquer estrada de terra que tenha seguido e olha para trás, o vale e o vilarejo, decifrando onde está o pequeno telhado sob o qual dormirá essa noite.

Já não se sente como um viajante, é difícil imaginar que tenha alguma vez se visto desse jeito, e quando enfim se decide a escrever uma carta para Jerome é como se um estranho escolhesse as palavras. Conta sobre onde está e como é estar ali, e diz que espera que Jerome lhe faça uma visita algum dia.

Uma semana depois de enviar a carta, um envelope chega da Suíça. Ele não reconhece a caligrafia, mas o selo é perfeitamente visível, e é com alguma excitação que se senta para lê-la. Quando abre o envelope, é sua própria carta que cai, como um pedaço do passado devolvido às suas mãos. O cartão rígido e único que o acompanha diz, Prezado Senhor, lamento muito ter de lhe informar o falecimento de Jerome. Ele morreu no dia 26 de novembro em um acidente de moto. A mãe dele me pediu que mandasse sua carta de volta. A assinatura no fim é de um estranho, e, mesmo estando sentado no epicentro dessa explosão silenciosa e branca, aquela parte separada e vigilante de si está ali de volta, lendo por cima de seu ombro, tentando decifrar o nome, consciente de todas as estranhezas de linguagem, tentando calcular quando foi que aconteceu. Uma semana depois do dia em que voltei para casa.

Uma viagem é um gesto inscrito no espaço, esvaindo-se ainda enquanto é feito. Você vai de um lugar a outro, e de novo a outro lugar, e atrás de você já não há rastro de que alguma vez tenha passado por lá. As estradas que percorreu ontem estão cheias de pessoas diferentes agora, nenhuma delas sabe quem você é. No quarto onde você dormiu na noite de ontem, há um estranho deitado na cama. A poeira recobre suas pegadas, as marcas dos seus dedos desaparecem da porta, os fragmentos de evidências que você possa ter deixado no chão e na mesa são varridos e jogados fora para nunca mais voltar. O próprio ar se fecha atrás de você como água, e logo sua presença, que parecia tão pesada e permanente, desaparece por completo. As coisas só acontecem uma vez e nunca se repetem, nunca retornam. Exçeto na memória.

Ele fica sentado por um bom tempo junto à mesa, sem ver, sem ouvir nada. Quando se sente forte o bastante para se mover, levanta-se muito devagar, tranca a porta e sai, andando pelo mundo. Sente velho seu corpo, e pelas lentes escuras nos seus olhos tudo o que ele conhece parece estranho e desconhecido, como se estivesse perdido em um país que nunca visitou antes.

TRÊS

O guardião

Mesmo antes de partirem, quando vai encontrá-la no voo que vem da Cidade do Cabo, ele sabe que está encrencado. A última vez que a viu, um mês antes, ela já estava mal, imagine agora. É a primeira a descer do avião, a passos rápidos muito à frente da multidão. Seu clareamento com água oxigenada não funcionou direito, de modo que os cabelos ganharam um estranho tom amarelado, saltando da cabeça em pontas raivosas. Mas, mais que isso, algo mudou dentro dela, algo que pode ser vislumbrado a uma longa distância. Ela parece arder com uma luz branca, brilhosa. Seu rosto está nodoso e carregado de ansiedade, comprimido contra si mesmo, e ela demora um bom tempo para notar a presença dele. Aí sua expressão se clareia, ela sorri, e quando se abraçam volta a ser sua velha amiga.

Ele está em Pretória há algumas semanas, visitando a mãe, mas, mesmo antes de ele sair da Cidade do Cabo, Anna já estava perdendo a trama, vivendo em movimento acelerado, precipitando-se, dizendo e fazendo coisas inadequadas, e a consciência de que ela estava fora de controle se revelava em seu rosto como uma dor oculta. Tudo isso já acontecia antes, mas foi só há uns poucos dias que sua condição enfim adquiriu um nome. Embora tenha sido dado pelo psiquiatra da Cidade do Cabo, tanto a namorada de Anna quanto eu, e mesmo a própria Anna, desconfiamos do diagnóstico. Para nós ela permanece eminentemente humana, intocável por qualquer rótulo.

Ele tem bastante certeza disso tudo até vê-la. É óbvio que algo nela se soltou do píer e agora está à deriva. Vêm problemas pela frente, eu percebo, e o primeiro chega antes mesmo de decolarmos. Ainda no aeroporto ela pede uma cerveja, e se vira com perplexidade para o companheiro quando ele crava os olhos nela.

O quê. Qual é o problema.

Você não devia estar fazendo isso. Nós conversamos sobre isso ontem, lembra.

É só um trago.

Você não tem permissão nem mesmo para um trago.

Ela veio com uma pequena farmácia na mala, tranquilizantes, estabilizantes de humor e antidepressivos que têm que ser ingeridos em várias combinações em horários diferentes, mas o álcool ou outras drogas recreativas invalidam a medicação, e ela me prometeu solenemente por telefone, no dia anterior, que não tomaria sequer um gole.

Garantiu a mesma coisa tanto para a namorada quanto para o psiquiatra.

Quando menciono a promessa, cancela com raiva o pedido, mas nem bem o avião decolou ela pede um uísque duplo. Uma bebidinha de vez em quando, diz, não vai me fazer mal. Eu fico sem palavras diante do seu desacato, mas o incidente é rapidamente ofuscado pela confusão posterior. Quando a comida chega, ela a derruba sobre si mesma, e em seguida, a caminho do banheiro, quando vai se limpar, tromba com um passageiro. À medida que a viagem segue, ela se enerva a ponto de cair em lágrimas porque não lhe permitem fumar um cigarro, e quando chegam a Bombaim, passada a meia-noite, no longo trajeto de táxi até a cidade ela vai abrindo e vasculhando todos os compartimentos de sua mochila à procura de algum item perdido. Uma vez instalados no hotel, acalma-se um pouco, mas quase de imediato o deixa sozinho no quarto, fechando a porta atrás de si e subindo ao restaurante da cobertura para mais uma bebida.

Na última vez que saíra dos trilhos, anos antes, ela havia ido parar em uma clínica da Cidade do Cabo, debilitada e cheia de cicatrizes de queimaduras de cigarro. Levou meses para se recuperar, um processo que ela fetichizou em suas fotografias, muitas delas retratos de si própria nua, com todas as feridas à mostra. Em sua mente, o episódio é sensual, não razão de vergonha, e culminou em várias sessões de eletrochoque, que ela mesma pediu, como mais tarde me contou, como substituição ao suicídio.

Foi em parte para evitar a repetição desse cenário que ele a convidou para acompanhá-lo nessa que é sua terceira viagem à Índia. Está indo passar seis meses e o plano é que Anna permaneça nos dois primeiros. E parecia, no começo, uma boa ideia para todos. Na Cidade do Cabo, ela tem um emprego poderoso, de muito reconhecimento e cheio de possibilidades impressionantes. Normalmente está muito apta a enfrentar os desafios do trabalho, atacando-os com um fervor que agora parece suspeito. Mas tanto o trabalho quanto seu relacionamento estão sob tensão neste momento, e o plano tem a intenção de ser um intervalo. Alguns meses longe de casa, uma chance para que Anna se encontre e se estabilize. Talvez ela só precise disso.

Embora o início tenha sido duro, as coisas serão mais fáceis, ele pondera, quando tiverem chegado ao destino. Estão indo para uma pequena vila de pescadores ao sul de Goa, onde ele passou os dois últimos invernos. Não haverá nada a fazer a não ser ficar deitado ao sol, passear pela praia, nadar na água morna do mar. Com certeza a indolência cuidará de desacelerá-la. Além disso, como o psiquiatra disse, vai levar algumas semanas para que os remédios ajam devidamente. Tempos melhores virão.

Antes que possam relaxar plenamente, no entanto, ainda há mais um trajeto a percorrer, e no trem do dia seguinte um novo drama se desenrola. É rígido na vigilância da medicação dela, e mesmo ao sacolejar do vagão do trem ele se certifica de que ela tome a quantidade certa de comprimidos. Quando começa a engoli-los ele vira o rosto, mas vê pelo canto do olho o movimento de seu braço quando ela atira um comprimido pela janela. O que você está fazendo. De imediato ela desata a chorar, não consigo, estes tranquilizantes me abatem, eu não funciono. Ele sente uma pontada de pena, nesse momento precoce ainda tem paciência e compaixão. Você precisa tomar, Anna, seu corpo vai se acostumar.

Logo vai concluir, quando parar para examinar o recado do psiquiatra, que ela vinha tomando uma dose dobrada de um dos tranquilizantes, e quando esse desequilíbrio for corrigido o remédio já não terá efeito nela. Mas por ora ela dorme a maior parte da viagem, enquanto ele observa a mutação da paisagem pela janela. Alegra-se com essa possibilidade por assim poder pensar tranquilamente, enquanto a vastidão seca da planície dá aos poucos lugar ao calor exuberante e vaporoso de Goa.

Já é um homem de meia-idade, agora, e seus hábitos de viagem mudaram. Tornou-se mais sedentário, ficando em um só lugar por períodos mais longos, sem mais aquele ir e vir precipitado da juventude. Mas esta nova abordagem tem seus problemas. Em uma viagem anterior à Índia, esperando em uma cidade ainda distante ao norte pela conclusão de algum procedimento burocrático, tomou consciência de que estava formando vínculos com o lugar, dando dinheiro a um doente aqui, chamando o veterinário para cuidar de um vira-lata ali, estabelecendo uma teia de hábitos e reflexos sociais dos quais em geral ele viaja para escapar. Pergunta-se agora se não terá dado um passo a mais nessa direção ao trazer sua amiga perturbada nesta viagem. Aqui estão eles, nem bem chegaram ainda, e ele já ouve sinais de alerta retinindo em suas profundezas. Mas o movimento e o calor provocam um adormecimento, e ele está mais calmo quando a noite começa a cair e cruzam enfim os arrozais, entre palmeiras e braços d'água. Anna acorda e olha pela janela, maravilhada. E então, já chegamos. Quase.

O sol está se pondo quando chegam a Margão, uma cidade suja e agitada como incontáveis outras pelas quais passaram no caminho, mas por sorte não precisam ficar ali por muito tempo. Seu destino final fica a vinte minutos, percorridos de carroça em meio às hortas, com o último brilho dourado de luz resfriando-se sobre suas cabeças, e em algum ponto desse trajeto ela põe a mão no braço dele e comenta como é bonito. Obrigada por me trazer, diz ela. Estou muito contente de estar aqui.

Quando chegam ao pequeno hotel de família onde ele costuma ficar, há rostos conhecidos para lhes dar as boas-vindas e um quarto reservado. Ele toma um banho e, quando desce ao restaurante, ela está tomando um gim-tônica. Ah, qual é, ela grita ao ver o rosto dele, estou de férias, o que você quer de mim.

Ele e Anna têm uma boa amizade, ela é como uma irmã para ele, alguém que ele ama e que o faz rir. Alguém que ele quer proteger. É nessa função que ele a está acompanhando agora, como seu guardião. Naquela última conversa ao telefone antes de ela partir, a mesma em que prometeu nunca beber, ela lhe perguntara, quase em desafio, você está apto, acha que consegue lidar comigo. Ele respondera com leviandade, sem pensar muito no assunto, sim claro. Naquele instante não parecia uma tarefa pesada, porque ele sempre exercera uma influência tranquilizadora e calmante sobre ela, que sempre escutara suas palavras. Mas já agora, com a viagem começada há uns poucos dias, ele entende que a brincadeira segue um novo conjunto de regras. Os dois sempre haviam estado do mesmo lado, mas é como se de alguma forma ela houvesse rompido suas lealdades, em relação a quem ou a quê ele não sabe, embora venha gradualmente a entender que o perigo para Anna, a força contra a qual ela tem que ser protegida, está dentro de si própria.

Ele tem uma pista de quanto é poderosa essa força quando, por curiosidade, toma metade de um de seus tranquilizantes. O efeito é devastador. Fica destruído, caído de costas por doze horas, e por todo o dia seguinte se sente zonzo e fraco. Depois disso começa a enxergá-la com uma nova consciência. Ela está tomando esses comprimidos três vezes ao dia e eles já não parecem desacelerá-la nem um pouco. O que é essa coisa que se instalou dentro dela, que a conduz com tanta fúria e poder.

Sua doença, em que ele vem a pensar como uma pessoa distinta de Anna, faz com que ela se comporte de forma bizarra e preocupante. A bebida é um sinal, mas há outros. Ela tem uma obsessão por arrumar e desarrumar sua mochila, a qualquer hora do dia ou da noite essa compulsão a domina, e então se ouve aquela agitação maníaca de zíperes, as roupas empilhadas sobre a cama. Ele observa com um fascínio perturbado enquanto ela separa diferentes itens em diferentes compartimentos, camisetas aqui, calcinhas ali, vestidos em outro lugar, e cada uma das peças é empacotada em uma sacola de plástico com uma etiqueta. Quando ele comenta como aquilo é louco, ela ri e concorda, mas isso não a impede de repetir o exercício poucas horas mais tarde. E ela acorda de manhã ao primeiro raio de luz. Deram-lhe soníferos, que deve tomar toda noite, mas com frequência os ignora, e ele acaba acordando com o barulho de seus tropeços quando ela sai à sacada para fumar seu primeiro cigarro, desculpe eu o incomodei, estava tentando fazer silêncio. E os outros comprimidos também não parecem estar funcionando. Seus humores continuam se alterando loucamente entre o enlevo e o desespero, ela pode estar rindo ao tomar o café e aos prantos no meio da manhã, e ele não sabe como lidar com esses extremos.

Ainda assim conseguem se divertir juntos. A praia fica logo ali no fim da rua e eles passam horas na areia todos os dias. Caminham, nadam e Anna tira centenas de fotos, apertando o botão com voracidade, sugando o mundo para dentro da câmera em fragmentos retangulares, os barcos pesqueiros no mar, o sol nascendo e se pondo, gotas d'água na pele escura, os rostos das pessoas que passam. Quando vejo essas imagens agora, anos depois, elas recriam um senso de idílio e inocência que talvez nunca tenha sido verdadeiro, nem mesmo naquele momento. Embora eu saiba de visitas anteriores como é bonito o lugar, e, se o ambiente às vezes se deixa perturbar pelos gritos de um porco agonizante, bom, há abates até mesmo no paraíso.

É numa das primeiras noites, quando estão sentados juntos na sacada, que ela diz, seria tão bom se pudéssemos transar. Ele olha para ela com espanto. Ela logo acrescenta, eu sei que é impossível, mas só estava pensando

Um longo silêncio se segue. O quarto deles fica no primeiro andar, à altura da copa das palmeiras do jardim, e à última luz as frondes adquirem um brilho suave, refletido. Anna, diz ele. Não podemos.

Eu sei, eu sei, esqueça.

Sua namorada é minha melhor amiga. E eu não penso em você desse jeito.

Eu não devia ter dito.

De qualquer forma, eu achava que você não gostasse de homens.

Ela ri. Você sabe, diz, não tenho tanta certeza. Tenho tido certos pensamentos.

Isso é novo. Sabe que ela teve envolvimentos sérios com um ou dois homens bastante tempo atrás, mas nos últimos anos vinha inflexivelmente inclinada na outra direção. Ele se pergunta se não é apenas uma reação ao momento de tensão pelo qual sua relação está passando. Anna não escreveu nenhuma vez à parceira na Cidade do Cabo, não deu sequer um telefonema, e quando eu a encorajo a entrar em contato ela só balança a cabeça de um lado para o outro. Não quer, é o que diz, acha que tudo acabou entre as duas, mas ele sabe que a parceira fica magoada com o silêncio de Anna.

Não insiste nesse ponto, não é da conta dele, e de qualquer forma crê que ela vai se sentir diferente dali a alguns dias. Mas sente uma culpa complicada quando, talvez nessa mesma noite, ou em outra noite pouco posterior, ela volta para o quarto com um americano. Não transamos, ela me conta depois, só brincamos um pouco, mas ah foi tão bom ser abraçada, ser tocada daquele jeito.

Isso o deixa em uma posição horrível, em que suas lealdades estão divididas. Ele mantém contato regular com a namorada de Anna, descrevendo sua condição, mas como poderá falar sobre algo assim. E Anna está contando com seu silêncio, se ele a delatar ela entenderá como uma traição. Ele tem raiva de que ela o tenha feito cúmplice no que pode ser um poço que se alarga, por isso fica aliviado quando o americano se amedronta. Na noite seguinte, quando ela tenta entabular contato, ele diz que tem e-mails importantes para escrever e no dia seguinte deixa a cidade.

Mas ela não desiste. A ideia está em sua cabeça agora e ela está à procura. É uma mulher absurdamente bonita, sobretudo em seu estado atual, magra e ostentando um fogo interior. Todo tipo de homem está à espreita. Em mais um ou dois dias ela conhece Jean, um viajante francês de cinquenta anos que está hospedado no mesmo hotel. Quando chego ao quarto nessa noite depois de ver os e-mails, encontro os dois sentados na varanda, papeando e rindo juntos. Jean tomou alguns dos meus tranquilizantes para relaxar, ela me diz, quer tomar também. Não obrigado, respondo, e escapo para o quarto, escapando deles nesse momento também em outro sentido. Não menciono Jean para a namorada de Anna e encontro maneiras de racionalizar para mim mesmo meu silêncio, é um romance leve de férias, nada mais, ele vai embora dentro de poucos dias, talvez até seja bom para ela. E quem poderia levar Jean a sério, um homem cadavérico e tristonho tomado por uma vaguidão melancólica, que fala platitudes em voz sonora. Em sua cidade, Paris, ele trabalha como construtor, mas paralelamente é escultor. Alega ter dançado uma vez com Nureyev.

Era isso o que Anna vinha procurando e ela cai na dele com intensidade. De repente tudo passa a ser Jean isto e Jean aquilo, e logo eles estão partindo juntos pela costa por alguns dias em uma scooter alugada. Essa combinação me preocupa muito, tento conversar com ela a respeito, mas ela ri de mim, estou bem não se preocupe comigo. E é verdade que ele está constantemente aborrecido com ela, talvez sua preocupação piore as coisas, pode ser que ela fique melhor passando algum tempo longe dele. Misturada à desconfiança, há também uma boa dose de alívio, é bom me livrar dela por alguns dias. Ele não havia ido até lá, afinal, apenas como acompanhante, fora até lá para trabalhar, e na ausência dela ele enfim se dedica a isso, enchendo de palavras umas quantas páginas. O plano é que nós também viajemos um pouco quando eles voltarem, descendo juntos para o sul quando Jean houver partido, e assim esse interlúdio peculiar terá terminado muito em breve.

Mas não é tão simples. Os poucos dias na companhia de Jean o fixaram na mente de Anna como seu futuro, seu destino. Quando ela volta, repete um papo sem sentido sobre ir morar na França, ter um filho, e essa conversa vai se tornar ainda mais fantástica no decorrer da viagem. O pequeno romance tornou-se uma relação, ao menos na cabeça dela, e isso em detrimento do fato de que ele, Jean, se recusa a ter relações sexuais com ela. A vida real dela na Cidade do Cabo parece ter sido anulada. Mais alarmante é que Jean parece não fazer ideia de como ela está doente, tratando sua condição como um drama menor que lhe foi impingido por pessoas manipuladoras, você só tem que acreditar em si mesma, ele aconselha, e assim vai melhorar, você não precisa tomar tantos remédios. Ela repete essas revelações com ansiedade, torcendo para que eu concorde, mas o que não me conta é que ele também vem lhe fornecendo haxixe, cocaína e grandes quantidades de álcool. Está notavelmente mais solta quando volta, arestas mais obviamente debastadas, e ela parece sentir essa dissolução como uma liberdade, algo que tem que perseguir para ficar bem.

Nesse estado perigoso nós partimos, deixando Jean e Goa para trás. Eu tenho uma noção equivocada de que o movimento pode ser bom para ela, de que o sentimento da vida passando pode suspender seu clamor interno. E no início as coisas são tranquilas. Alguns dias em Cochim, um cruzeiro por um braço d'água de Kerala. Mas quando chegam a Varkala, uma cidade de montanha bem ao sul, a tensão entre eles já começa a se revelar. Anna tem que receber constantemente atenção para não ficar deprimida. Não consegue ficar sentada por alguns minutos sem adquirir uma profunda agitação. Está sempre quebrando coisas, trombando nos móveis ou caindo. A conversa sobre Jean é incessante e insana, tal como o arrumar e desarrumar da mochila, que há tempos perderam sua graça. Quando fica sozinha, mesmo que por um breve intervalo, se engaja em interações potencialmente perniciosas com estranhos. Uma vez, por exemplo, entra numa briga física com uma suíça que está destratando um gato na praia, e outra vez permite que um homem mais velho de aparência horrível, hospedado no mesmo hotel, lhe faça uma massagem corporal no quarto dele.

Ele fica correndo atrás de tudo isso, amenizando os danos e verificando se ela está bem. Começou a se sentir como uma tia virgem que cuida dela, sempre preocupada e infeliz, e ela passou a representar o outro papel, a inocente injustamente contrariada, seus olhos arregalados surpresos pelo aborrecimento. Por baixo das palavras ditas há outro diálogo em progresso, no qual ela é por alguma razão a vítima e eu sou o tirano desagradável. Não gosto desse papel, tento fugir dele, e há vezes em que genuinamente não sei quem de nós está fora de controle. Além disso, ele receia um momento decisivo porque não tem nenhum poder real sobre ela.

Se tentar exercer sua autoridade e ela se recusar a obedecer, bom, o que poderá fazer. Se ela quiser pegar sua mochila e ir embora, mandando-o sumir de sua vida, ele não terá qualquer outro recurso a não ser implorar. Aí os dois poderão ver onde está o poder.

Para ele, começa a parecer como se uma estranha houvesse se instalado dentro dela, alguém sombrio e incansável em quem ele não confia, alguém que quer consumir Anna por inteiro. A estranha ainda está cautelosa, ainda aguarda seu momento. Enquanto isso a pessoa que ele conhece é visível, às vezes chega até a ascender. Aí ele consegue conversar razoavelmente com ela e sente que ela está ouvindo, e rir com ela de alguma coisa engraçada, ou trazê-la para o seu lado. Mas a estranha sombria sempre reaparece, espreitando com malícia por cima do ombro da outra, fazendo algo alarmante, e a Anna mais suave se encolhe. Às vezes as duas estão juntas ali, a Anna-irmã e sua gêmea assustadora, acotovelando-se em uma disputa pelo espaço. É uma batalha desigual, a estranha é com certeza mais forte, mas eu fico torcendo para que os remédios a vençam.

Não sou um homem paciente por natureza, e a batalha é exaustiva. Minha tolerância chega ao limite uma tarde em que ela volta vagando da praia, seu rosto frouxo e vazio. Eu a contemplo por um segundo e pergunto com tranquilidade, você está chapada.

Estou, diz ela, sorrindo. Um cara ali me ofereceu um baseado.

Ele perde a cabeça. Houve irritação e aborrecimento até agora, mas isto é outra coisa, uma explosão alimentada pelo desespero. Já chega, diz ele, você descumpriu todas as promessas que fez, você rompeu nossa confiança. Isto aqui não deviam ser férias, você devia estar trabalhando em si mesma, agora veja o que aconteceu. Vou levá-la para Bombaim amanhã mesmo e mandá-la para casa.

A raiva é real, mas as palavras são um blefe, mesmo enquanto as pronuncia ele sabe que não pode segui-las. É alta temporada, os voos estão cheios, a chance de conseguir um lugar é mínima. E, mesmo que isso pudesse ser arranjado, ele consegue ouvir de novo a tia virgem que há nele, como ela soa rude e irracional, mandá-la para casa duas semanas antes só por dar uma tragada num baseado.

Anna chora como uma criança, mas o coração dele permanece fechado para ela, suas reservas de empatia estão se esgotando. Quando essa discussão bruta se encerra estão ambos vazios, e é nesse estado de vacuidade que ele decide, na manhã seguinte, lhe fazer uma oferta. Sem drogas de nenhum tipo, exceto as que lhe foram prescritas, e só um drinque por dia. Qualquer desvio em relação a esse acordo e ele vai levar a cabo a ameaça. Temos um trato, pergunta.

Com o rosto estático, ela assente. Temos um trato.

Vamos selar o acordo, eu digo, e damos as mãos. Não é uma renovação da amizade, é um gesto formal de compromisso, um contrato que obriga a ambos. Mas a sensação é de que ele está declarando uma vitória, ainda que pequena, sobre a pessoa malvada dentro dela.

Seguem para Madurai, onde há um templo magnífico que ele imagina que ela gostaria de fotografar. Ele já conhece o templo e todas as outras atrações dessa viagem, planejou essa rota apenas para ela, quer que ela se divirta e que se distraia de si mesma. Mas um desespero crescente subjaz a essa operação, nada consegue segurar a atenção de Anna por muito tempo. Ela se apressa em cruzar o templo e quase de imediato volta a cair em frenesi. Isto aqui está me deprimindo, ela alerta, vamos para outro lugar. Visitam uma feira de flores e entram em um museu, mas o efeito é o mesmo. No fim, ele não consegue mais aguentar. Não posso ficar correndo de um lado para o outro desse jeito, diz, pode ir aonde quiser, eu a encontro na estação mais tarde.

Já compraram as passagens de um trem noturno para Bangalore. De manhã deixaram a bagagem no guarda-volumes da estação, e quando ele a encontra ali ao fim da tarde ela está rearranjando a mochila e chorando. Temos que conversar sobre o que está acontecendo conosco, diz ela. Não tenho nada a dizer, responde ele, cansado, e pela primeira vez é verdade. Há nele uma frieza fatal a esta altura, ele solta murmúrios e gestos de apoio, mas seu coração está vazio e ela sabe disso. Por alguma razão esse incidente ínfimo a derruba, ela chora e chora sem parar, enquanto ele deixa extraviar o olhar no vazio. Só está muito cansado, cansado demais para confortá-la agora, talvez amanhã volte a ser forte o bastante, e essa é uma diferença crucial entre eles, ele pensa em termos de amanhã e depois de amanhã, enquanto para ela só existe o agora, que é a eternidade.

Mesmo no trem ela continua chorando, mas num dado instante parece ter chegado a um ponto de resolução e se refaz. Pega a mochila e começa a vasculhar. Nada disso é raro, até que de repente ela se vira para ele com um pânico no olhar.

Que foi.

Meus remédios, diz ela. Não estão aqui. Sumiram. Alguém roubou.

Como assim, têm que estar aí, procure de novo.

Agora ela está tirando tudo da mochila, todo o vagão assiste à cena. Não, não estão aqui, alguém roubou, e ela olha em volta furiosa, como se o culpado estivesse por perto.

O absurdo dessa ideia só me sobrevém aos poucos. Quem roubaria seus remédios, Anna. Que sentido teria isso.

Não sei, mas roubaram. Aí seu rosto se altera porque outro pensamento lhe advém. Espere. Não, agora lembrei. Eu tirei da mochila na estação quando estava reorganizando as coisas.

Você os deixou lá.

Acho que sim. No guarda-volumes.

Ficam apenas se olhando, enquanto a massa imensa do trem se precipita adiante, cada giro das rodas abrindo mais distância entre Anna e os remédios que vêm sustentando sua vida. É um desastre, e a consciência disso se espalha pelo rosto dela em um novo afloramento de lágrimas. Ai meu Deus o que vamos fazer.

O abismo entre eles se fechou, agora estão unidos em um jorro de alta emoção. Se ela de fato deixou os remédios no guarda-volumes, há uma pequena chance de que ainda estejam lá. Você tem certeza, Anna, tem certeza de que ficaram lá.

Sim, sim, tenho. Agora ela está gemendo, uma exibição espetacular de agonia, e todo mundo no vagão se amontoa ao nosso redor. Há falatório e comoção. Alguém chama o maquinista. Ele ouve a história com gravidade e joga as mãos para cima, não há nada que possa fazer.

Mas Anna é insistente, não arrefece. Vou morrer sem os meus remédios, chora dramaticamente, e isso convence o miserável maquinista a parar o trem. Em algum inominado desvio, no meio da noite, toda a corrente de vagões vibra com violência ao se deter, e Anna desce com o homem uniformizado a reboque e os dois seguem pela plataforma em busca de um telefone, enquanto eu fico sentado cuidando da bagagem. As pessoas se penduram para fora da janela, assistindo e comentando. Outras vêm me interrogar, qual é o problema, por que sua amiga está chorando. É como se o caos de Anna houvesse de alguma forma vazado e tocado o mundo físico, desarranjando as pessoas e os objetos.

Quando ela volta, ainda não tem uma resposta clara. O guarda-volumes só reabre de manhã, talvez os remédios estejam lá, talvez não. Como se para sublinhar essa incerteza, o trem volta a se mover, uma aceleração ruidosa e lenta em meio à escuridão. Eu permaneço sentado, refletindo. Talvez fosse melhor saltar na próxima estação e tentar refazer nossos passos. Ou prosseguir e chegar a Bangalore, que é uma cidade grande, e conseguir ajuda lá. O que não está sujeito a dúvida é que ela é dependente daquele suprimento de comprimidos e, se ela é louca assim quando está tomando, ele não quer nem pensar como ela será sem eles.

Nesse instante um homem amável, com aparência de tio, que estava sentado diante deles desde o início da viagem, se põe a falar. É o senhor Hariramamurthy, apresenta-se, e talvez possa nos ajudar. Está indo a uma estação próxima a Bangalore, mas pode ir conosco até a última parada e conversar com a polícia ferroviária ali, que ele assegura que poderá prestar assistência.

Estas são sem dúvida meramente palavras educadas, e quando chegarmos ao ponto final o senhor Hariramamurthy já terá desaparecido. Mas quando na manhã seguinte atracamos em Bangalore ali está ele, esperando, pronto para ajudar. Como crianças indefesas nós o seguimos enquanto ele bate de escritório em escritório, travando conversas complicadas com vários funcionários, nenhum dos quais quer ser perturbado pelo nosso caso. Mas o senhor Hariramamurthy não desanima. Há quartos para alugar no andar superior da estação, ele nos indica, fiquem em um desses quartos e me liguem daqui a duas horas para este número. E nos entrega seu cartão.

Nós conseguimos um quarto. Parece uma opção razoável, o próximo trem para Madurai parte nesta noite, se até lá não tivermos encontrado solução fazemos o trajeto de volta. Mas quando ligo para o senhor Hariramamurthy ele nos informa que tem boas notícias. O primo dele, que tem algum cargo na estação, conseguiu localizar os remédios. Eles serão enviados no trem noturno e nós temos apenas que esperar no quarto, pois serão entregues à nossa porta.

Parece bom demais para ser verdade, eu me deixo tomar por uma desconfiança inadequada, com certeza estão armando alguma contra nós. Mas não temos opção a não ser esperar. Estaremos vigilantes, seja qual for o esquema nós não cairemos nele, no pior dos casos teremos perdido o dia, sempre podemos voltar amanhã.

Enquanto isso, saem para dar uma volta por Bangalore. Anna está mais maníaca do que ele jamais pôde ver, murmura e se debate sem parar, sua conversa salta de um assunto a outro, como ela ainda não está pronta para voltar à África do Sul, como tem quase certeza de que sua relação com a namorada acabou, tudo depende de Jean agora, se ela pedir talvez ele volte a Goa para encontrá-la antes de ela ir embora. Anna, eu digo, isso é uma loucura, ele acabou de voltar para a França. Ela se vira para mim com os olhos escancarados e confusos, e em seu olhar posso ver que perdeu toda noção de tempo.

Em algum ponto desse longo dia, talvez na rua, talvez quando voltamos para o quarto, é que ela diz. A revelação surge casualmente, sem peso ou significação, mas acaba varrendo o mundo que nos circunda. Você sabe, eu ia me matar no trem.

O quê.

Por isso eu estava procurando os remédios. Ia tomar todos, e me deitar para dormir.

Você não está falando sério.

Estou sim.

Nós nos olhamos e eu vejo como é sério.

Mas por quê. Por quê.

Ela dá de ombros e ri. Desde a irrupção dessa crise algo da velha proximidade retornou, no quarto do andar superior eles gargalharam ruidosamente ao som dos horários dos trens sendo alardeados pelos alto-falantes da estação, é tudo absurdo demais para ser levado a sério. Naquela manhã, na cidade, ela lhe comprou um livro e escreveu, Te amo muito meu amigo, e as palavras soaram renovadas e verdadeiras. Tudo o que pesava sobre eles voltou a se erguer, há leveza naquele companheirismo que já existe há tantos anos, de modo que os dois parecem chocados com o anúncio que ela acabou de fazer. Não sei, diz ela, intrigada. De repente tive vontade de morrer.

Ele não consegue responder de imediato, talvez nunca venha a conseguir. Desde que a conhece existe essa conversa de querer se matar um dia. Nunca surge de uma forma dramática, é sempre um aparte casual em meio à conversa. Ele lembra ter perguntado, por exemplo, como ela se imagina quando velha, ao que ela respondeu de súbito que nunca seria velha. Está sempre planejando seu próprio funeral, dizendo aos amigos que ponham para tocar tal música, ou que façam a missa em uma igreja específica, e o tom que ela utiliza nesses momentos sugere que ela própria estará presente, uma espectadora do evento. É difícil não se sentir manipulado quando ela fala essas coisas, e é difícil, também, sentir-se em constante alarme pela ameaça ouvida tantas vezes. Além disso, por que uma pessoa como Anna, em perfeita saúde física, amada, admirada e desejada por tantos, iria querer morrer. Não existe uma razão plausível, por isso, mesmo agora, quando ele percebe que ela está falando sério, não é capaz de apreender de fato o que ela diz. E, de qualquer modo, ela passa instantaneamente a outra confusão, derrubando o abajur ou perdendo as chaves do quarto, e tudo se transforma em uma crise contínua que ele tenta conter. Com Anna é assim, morte em um instante, farsa no seguinte, e às vezes é difícil distinguir entre as duas.

Passarão alguns dias até que ele consiga voltar a falar no assunto, e mesmo assim o fará com receio, abordando a questão em círculos. Você pensou no que estaria fazendo comigo, pergunta. Pensou em como seria, para mim, ser deixado sozinho com seu cadáver na Índia.

Ela pondera a sério a questão por alguns segundos, e assente. Entendido, diz.

Incrivelmente, pela manhã os remédios chegam. Ouve-se uma batida na porta e um homem está parado do lado de fora, com uma sacola preta na mão. Anna lhe arrebata a sacola, e seu alívio é quase alegria, hoje ela sente os meios para a sua morte como a vida em si.

Agora podem retomar a viagem e, depois de deixarem mensagens efusivas de agradecimento ao senhor Harirama-murthy, seguem para Hampi. Estão a um dia de distância do ponto de partida em Goa, ao qual ainda pretendem voltar, mas antes disso planejam ficar por um tempo nesse lugar extraordinário. As ruínas de um antigo império hindu se espalham por uma imensa paisagem rochosa com montanhas estranhas, elas mesmas como um tipo de ruína. Dava para passar dias ali, apenas passeando, mas quase de imediato a tranquilidade recente começa a se desfazer. Anna não consegue suportar o cenário, a desolação ecoa em alguma coisa dentro dela, que logo volta ao seu conhecido padrão de conduta. Mal chegaram a um lugar e ela já quer partir para outro, nada a contém, nada a segura. Este lugar é uma merda, ela pragueja, quero voltar para Goa.

Não há outra solução senão encurtar a visita. Ela compra passagens de trem para o dia seguinte. Só têm que partir às nove da manhã, mas ela já está pronta às cinco, fazendo um estardalhaço ao tentar abrir a porta, e ele perde a compostura. Pelo amor de Deus, por que você não toma seus soníferos. Porque não preciso deles. É óbvio que você precisa.

O trem é lento, parando em cada estação, e as horas longas e quentes passam quase em silêncio, já não o silêncio do companheirismo e sim o da exaustão, de alguma reserva profunda que se esgotou. Faltam duas semanas nessa viagem e ele está decidido a passá-las em um mesmo lugar, perto da praia, onde ela parece ficar mais calma do que em qualquer outra parte. Depois disso ele voltará a estar livre, dando continuidade às suas próprias viagens por mais quatro meses.

Chegam ao povoado depois do anoitecer. O clima no restaurante do térreo é festivo, e a alegria os contagia. Jantam com alguns dos outros hóspedes e é como se nunca tivessem partido. Nessa noite dormem no mesmo quarto do primeiro andar, na mesma cama, e a grande viagem em curva que realizaram é apenas mais um círculo fechado, trazendo-os de volta ao mesmo ponto.

Na manhã seguinte ela o desperta de novo antes do amanhecer, tropeçando no escuro. É uma repetição do dia anterior, embora só ele lembre. O que você quer que eu faça, ela grita, se estou acordada estou acordada. Quero que tome seus soníferos, ele responde, é para isso que você os trouxe, não é. Está nervoso demais para voltar a dormir e por isso se levanta, mole de cansaço, e vai dar uma volta na praia. Quando retorna, ela está sentada no restaurante tomando o café, mas ele não se junta a ela, por que exatamente eu não sei dizer. Se faria alguma diferença para o que se segue, talvez sim, talvez tudo se resuma a um silêncio a mais. Ele se senta sozinho a uma mesa, como um estranho, e quando termina vai até ela. Estou indo a Margão, eu lhe digo. Fazer compras.

Ela assente, e eu ainda me lembro do azul de seus olhos cravados em mim.

Pega um ônibus até Margão e passa uma hora nas lojas. Quando volta para o quarto, no meio da manhã, a porta está trancada por dentro. Quando ele bate ela abre e se retira para a cama. Ele nota que Anna está vestindo a camisola por cima do biquíni e que ao seu lado tem uma garrafa de cerveja pela metade, com o ursinho de pelúcia que carrega para confortá-la.

Você estava dormindo.

Fui nadar um pouco, bateu o cansaço.

Um sentimento curioso toma o quarto, desvaneceram-se os ângulos agudos que marcavam o conflito anterior, ela parece mais suave e até mais nova, como se houvesse recobrado a infância. As cortinas foram fechadas e uma tranquilidade paira sobre tudo, o que destoa absolutamente do momento do dia. Em retrospecto, esses indícios são óbvios, tão óbvios que constituem um sinal, e é uma indicação de quanto ele está cansado, de quanto está perdido nessas intermináveis repetições de cenário, que não consegue entender. Mais tarde culpará a si mesmo, já agora se culpa, por seu fracasso em ver o que lhe está diante dos olhos.

Recebi um e-mail de casa, diz ela, sonolenta.

Sobre o quê.

Ela acha que os remédios não estão funcionando. Acha que eu tenho que voltar antes.

E você não quer.

Não, eu sei o que isso significa. Eles vão me enfiar na clínica de novo.

Podemos conversar sobre isso, Anna, eu digo, mas não quando você está meio dormindo. Venha conversar comigo lá fora.

Pego um livro e vou me sentar ao sol na sacada. Minha raiva em relação a ela se dissipou, sinto a fatigante retomada do dever. Mas ela não vem se juntar a mim. Ouço um bulício furtivo no interior do quarto, o som de papéis sendo amassados, talvez apenas uma sacola de plástico agitada pelo ventilador, e o som de Anna acendendo um cigarro. Depois sua respiração se faz mais lenta e mais profunda. Eu leio por um tempo, depois me levanto e me espreguiço, pensando em dar um pulo na praia, mas quando entro no quarto vejo uma pilha de roupas sujas que precisam ser lavadas e as levo ao banheiro. Até que as roupas estejam lavadas, torcidas e postas para secar no corrimão, talvez passe uma hora.

É uma conjunção aleatória de imagens o que enfim acaba desenhando o quadro. Quando me agacho para guardar o sabão em pó, acabo vendo de relance que, embaixo da cama onde Anna está deitada, há uma pilha de embalagens de remédio vazias. Seus comprimidos. E seu corpo adormecido. Foram essas embalagens que fizeram o som de papel amassado que eu ouvi, um ruído insistente que irritava meus ouvidos, me incomodava. Há algo de errado na cena, algo que eu sei sem saber, e quando essa percepção finalmente chega é como um frio que sobe das minhas entranhas e dispersa o calor de fora. Não, digo em voz alta, não pode ser. Sim, penso, ela o fez.

Agora estou me vendo em movimento, como alguém que não sou eu. Vendo-o contornar a cama correndo, segurar o braço dela e sacudi-lo. Ouvindo-o gritar o nome dela. E quando ela não acorda, quando suas pestanas tremem sutilmente e voltam a se fechar, a última dúvida desapareceu. Agora ele entende que isso estava a caminho desde sempre, desde o primeiro dia. Como você pôde não saber, por que não agiu semanas atrás enquanto ainda era tempo, como pôde ter chegado a um momento como esse com todos os avisos existentes.

Não há palavras para o que está acontecendo agora, para o que ele pensa e sente. Seu corpo trabalha sozinho, tentando desfazer o que já está realizado, enquanto sua mente e seu espírito estão em outro lugar, travando um diálogo confuso e desconexo. O que acontecerá se, se o quê, se ela, não, não quero pensar nisso. Aja, aja, faça alguma coisa. Ele se vê agarrar a mulher na cama e sentá-la na cama, dar tapas fortes em seu rosto. Anna, acorde, você tem que acordar. E finalmente ela acorda, olhos bem abertos por fim. Sua expressão é de espanto. Me escute, diz ele. Você tem que me contar. O que você fez.

Ela pensa por alguns segundos, e sussurra. Comi meus remédios.

Quantos comprimidos você tomou.

Todos.

Todos. Ele sabe, em uma parte separada e racional de seu cérebro, quais são os números. Uns duzentos tranquilizantes e cinquenta soníferos. Uma nuvem branca de terror lava as cores de tudo. Ele se vê atravessando o quarto e correndo escada abaixo, ouve-se gritando ao garçom no restaurante, sua voz um tanto separada dele, tem algum médico no povoado, chame o médico já. Há alguns clientes nas mesas, eles se agitam alarmados e curiosos quando o veem dar meia-volta e subir as escadas correndo. Ele a arrasta para fora da cama e a põe de pé. Você tem que se mexer, Anna, tem que ficar em movimento. Pense, pense. Vomite os comprimidos. Ele a leva ao banheiro, curva-a sobre a privada, enfia os dedos em sua garganta. A cabeça pende pesada no pescoço. Vomite, Anna, devolva tudo. Ele pega a escova de dentes e usa o cabo para pressionar a língua para baixo. Ela dá uma golfada seca, nada sobe. Estou implorando, vamos, Anna, vamos. Ela está desabando, escorregando de lado contra a parede. Tem que continuar se mexendo. Ele a empurra de volta para o quarto e a faz andar para lá e para cá, parando para enfiar os dedos em sua boca como se pudesse resgatar à força as sementes da morte que ela enfiou ali dentro. Vomite, Anna, pelo amor de Deus como você pôde fazer isso com você e comigo, e, entre tantos lugares, aqui onde não tem ninguém para ajudar.

Nunca se sentiu tão só. Mas nesse instante alguém mais está ali. Uma mulher mais velha, inglesa, que passa metade do ano morando em uma casa particular daquela propriedade. Ele mal a conhece, a não ser por umas poucas conversas breves, mas se sente absurdamente, desesperadamente contente de vê-la.

Está tudo bem aqui, ela pergunta com voz suave.

Ele percebe agora que estava gritando com todas as suas forças, revelando sua agonia em anéis de som que emanavam para fora do quarto. Caroline, diz ele, ai Caroline. Você tem que me ajudar. O que foi, o que ela fez. É uma overdose, ela tomou todos os remédios de uma vez. Duzentos e cinquenta comprimidos, diz ele, mais uma vez espantado com a quantidade.

Ela está muito mais calma do que ele e traz ao quarto um ar de autoridade e frieza. Ele lembra vagamente que Caroline é enfermeira em sua outra vida na Inglaterra, e está contente de ceder a ela o controle da situação. Água com sal, diz ela, precisamos de água com sal. Eu corro até o restaurante e volto com dois litros de água quente e salgada, que despejamos para dentro de Anna, tapando seu nariz para forçá-la a engolir. Em seguida Caroline sai e volta com uma vara longa que arrancou de algum lugar. Enquanto eu seguro para trás a cabeça de Anna, sua boca aberta, Caroline força a vara goela abaixo. Estão trabalhando em equipe agora, duas parteiras tentando induzir um parto, mas embora a vara chegue fundo, tão fundo que sai com sangue na ponta, nada acontece. A paciente está passiva, nem ajuda nem atrapalha, mas sua passividade é como um tipo de desafio, de trás do qual ela observa divertindo-se. Olhem só o esforço que vocês fazem, tarde demais, tarde demais.

A esta altura está claro que não vai aparecer nenhum médico. Alguém chama um táxi e eles meio a escoltam, meio a carregam pelas escadas. Uma aglomeração se criou a uma distância respeitosa, assistindo ao drama. Entramos no carro, os três juntos no banco de trás, Anna no meio com um balde entre os joelhos. Enquanto vamos indo para Margão, com o carro repetidamente morrendo e ameaçando não pegar mais, uma conversa bizarra se desdobra. Por que você fez isso. Porque eu quero morrer. Que motivo você tem para morrer. Que motivo eu tenho para viver. Você é uma menina muito egoísta, Caroline anuncia com firmeza.

A essa altura Anna já quase perdeu a consciência, seu corpo balança e ela balbucia qualquer coisa. Nós discutimos aonde levá-la, há um médico particular ali perto, mas decidimos ir ao hospital público, talvez as instalações sejam melhores. Quando chegamos, temos que carregá-la e despejá-la em uma maca como um saco de carne. Enquanto explicamos ao médico o que ela fez, o taxista aparece, me puxando pela manga. São setecentas rupias, ele insiste, cinco vezes mais que o preço normal, mas eu atiro o dinheiro em cima dele, não é o momento para uma discussão dessas. Fracamente, Anna tenta me fazer um sinal, e quando me curvo ela sussurra algo inaudível. O que você disse, não estou ouvindo. Ela volta a formar as palavras e desta vez eu ouço. Diga a eles o que eu tomei. Eu já disse, respondo, e nesse instante ela perde a consciência.

Trouxe comigo as prescrições dos remédios para mostrar ao médico, e ele balança a cabeça enquanto lê. Ela tomou tudo isso. Tudo, sim. Tem que fazer uma lavagem gástrica, diz ele, e me explica a política do hospital. É uma coisa extraordinária, ele tem que repeti-la para que eu entenda plenamente. O tratamento, o hospital são de graça, mas o equipamento e as drogas, não. E não dá para apenas pagá-los, eles têm que ser comprados fisicamente. O médico anota suas requisições num papel, que eu devo levar por um corredor, atravessar um pátio, percorrer mais um corredor até a farmácia. Um pequeno grupo de pessoas se amontoa na frente de um balcão, cada um abanando seu papel, cada um gritando para ser ouvido. Eu me meto na aglomeração, abrindo caminho com os cotovelos. Minha amiga está morrendo, eu urro, por favor me ajudem primeiro.

Talvez o tom da minha voz os tenha alcançado, porque eles pegam prontamente meu papel. Tenho que esperar por um instante enquanto o atendente entediado passeia entre as prateleiras, recolhendo o que é requerido. Um pedaço de tubo, uma solução salina, um pouco de gaze. Tudo é somado, meu dinheiro é recebido, o troco é laboriosamente contado. Um senso de irrealidade adensa o ar, como um sonho em que não consigo me mexer, e arremeto contra essa neblina pelo corredor, através do pátio, e pelo próximo corredor até o quarto. Uma enfermeira grosseira toma das minhas mãos o equipamento e enfia o tubo pela garganta de Anna. A solução salina é bombeada para dentro, depois sugada de volta. Eu espio o líquido com esperança, com expectativa, procurando os comprimidos, mas o fluido está limpo.

Nada, diz a enfermeira. O estômago dela está vazio.

Não é possível.

Veja, diz ela, e repete a operação. O receptáculo se enche do líquido. A enfermeira sai com indolência para fazer outra coisa, deixando o tubo no mesmo lugar. Caroline observa com desconfiança.

Acho que isso não está no estômago dela, diz.

Como assim.

Acho que ela enfiou o tubo no pulmão. Nós dois tentamos olhar. Depois de um momento Caroline diz, eu vou tirar. Dá um passo à frente e tira o tubo da garganta de Anna, e nesse instante a enfermeira reaparece, berrando furiosa. Quando Caroline tenta explicar ela só sacode a cabeça, o tubo estava no estômago, insiste, não me diga como fazer meu trabalho.

Mas Caroline está certa, mais tarde nesse dia será preciso drenar o pulmão de Anna e depois ela irá desenvolver uma pneumonia desse lado. Mas tudo isso é no futuro, e agora elas estão relegadas ao presente. Levam-na para o andar de cima para fazer uma nova lavagem gástrica, cujos ingredientes eu tenho que ir buscar correndo na farmácia. Mais tarde o médico vem falar comigo no térreo. Diz que não está funcionando, que será preciso levá-la a um hospital maior em Pangim. Lá eles têm um coração-pulmão artificial, ela corre risco de falência de órgãos, eles não têm os aparelhos necessários em Margão.

Quando subo para encontrá-la, uma nova cena se desenrolou. Ela está deitada na cama em uma enfermaria cheia de mulheres doentes, um amontoado de carne enferma. São todas indianas, e o drama peculiar que se desenvolve no canto com seu elenco de estrangeiros suscita nelas um interesse intenso. Acompanham tudo com cândida fascinação, e vai ficando claro que a lavagem gástrica fez com que os intestinos daquela mulher adormecida cedessem. Uma mancha se espalha pelas costas de sua camisola, de onde sobe um cheiro fétido. Ele olha em volta loucamente à procura de uma enfermeira, mas é claro que não funciona assim. O médico nos diz com severidade, sua amiga sujou tudo. Vocês têm que limpar.

Ai meu Deus, eu digo, não acredito nisso. E é uma das poucas vezes em sua vida que essa declaração é de fato verdadeira. Esta manhã eu estava caminhando pela praia, agora tenho que limpar a merda da minha amiga agonizante. Caroline volta a assumir o controle, tornando-se objetiva e eficiente. Vamos precisar de luvas de plástico, desinfetante e chumaços de algodão. O médico anota esses itens em um papel, eu desço correndo os dois lances de escada até a farmácia do hospital. Quando volto, Caroline já cortou e tirou a camisola de Anna, assim como o biquíni que estava por baixo. Juntos a rolamos para que fique de lado. Ela é uma massa absolutamente imprestável, um peso morto. As outras mulheres acham todo esse exercício hilariante, riem e contêm as gargalhadas com as mãos.

Quando começamos a tarefa de limpá-la, muito rapidamente ela se torna demais para mim. Abaixo o chumaço de algodão e digo, mais para mim mesmo do que para qualquer outra pessoa, não sei se consigo fazer isso. Caroline me olha e diz, deixe que eu faço, é parte da minha profissão. Como enfermeira, ela cuida de doentes, velhos e outras pessoas acamadas na Inglaterra, e é assim que ganha o dinheiro para continuar na Índia. Mais uma vez eu sou imensamente grato a Caroline, por assumir essa tarefa em meu lugar.

As mulheres que assistem se agitam de alegria quando Caroline termina de limpá-la. Eu saio ao corredor. Sinto-me distante de mim mesmo e das superfícies que me circundam, como se eu estivesse olhando por um túnel comprido e escuro o mundo que há além, iluminado pelo sol. Volta o doutor, um homem gordo de aparência preguiçosa Temos que levá-la daqui, diz ele. Mas não desse jeito.

Como assim.

Ela está nua, não. Tem que ser vestida. Não podemos colocá-la na ambulância desse jeito.

Mas, eu digo. Mas. Não trouxe um vestido. Vocês não podem, quer dizer, vocês não têm alguma coisa, uma camisola do hospital ou coisa parecida.

Ele balança a cabeça. Você tem que conseguir um vestido.

É duro acreditar que, nessas circunstâncias, o pudor seja uma prioridade. Tenho vontade de agarrar esse homem gordo e autocomplacente, que quase parece estar se divertindo com meu aperto, e sacudi-lo até que seus dentes batam e ele concorde que o vestido não importa nem um pouco numa hora dessas. Mas sei que não tenho opção. Vejo-o descendo as escadas de novo, percorrendo o corredor, cruzando a porta do hospital e a rua menor até a avenida principal. Ele entra em uma loja, mas ali não vendem vestidos. Para isso, informam solicitamente, tem que ir ao mercado. Ele corre de novo, para um ônibus e paga para subir, como qualquer outro passageiro. Vejo-o cruzando a cidade até o mercado, um ponto de rigidez antinatural no centro de tanto fluxo e movimento, e em seguida explodir do ônibus, correndo de loja em loja, um vestido, preciso de um vestido. Por fim ele encontra um, paga e sai sem esperar o troco. Do lado de fora há um homem desocupado encostado em uma moto, eu o agarro pelo braço. Por favor, grito, por favor me leve para o hospital, eu pago, me leve. Sentindo o pânico, ou ávido por dinheiro, o homem me carrega em sua pequena máquina, ziguezagueando em meio ao tráfego.

De volta ao hospital, ele paga o homem e corre escada acima. Nada mudou, Anna ainda está deitada na mesma posição, suas costas nuas voltadas para a sala. Nós a agarramos e a enfiamos no vestido, e mal terminamos ela já se caga de novo. Não dá, eu digo, ela vai ter que ficar assim. O coro de mulheres cai na gargalhada.

Há uma ambulância esperando para levá-la a Pangim. O trajeto dura uma hora, e talvez já tenha passado uma hora desde que chegamos ali. Esses intervalos de tempo parecem imensas distâncias, um deserto que se estende em ambas as direções. A essa altura ele já sabe, vai ter que comprar tudo em Pangim, tem que pegar dinheiro e roupas. Antes que possa verbalizar a sugestão, Caroline já entendeu, eu vou com ela, diz, pode voltar para o hotel e pegar o que for necessário.

Sente como se a última vez que viu o quarto tivesse sido em um passado remoto, não umas poucas horas antes. Enche uma mochila com roupas e algum dinheiro, e está prestes a partir quando nota o diário de Anna jogado na cama. Ela vinha escrevendo obstinadamente desde o início da viagem, aparentemente documentando cada momento da jornada, e ele se pergunta agora se ela teria anotado ali alguma mensagem final. Vai passando com receio as últimas páginas e ali está, em um grande garrancho incoeso. Damon NÃO se sinta culpado. Eu sei que se voltar vou ser internada. Prefiro morrer em um ponto alto da minha vida. Na página seguinte, outra anotação. Queridos Todos que Eu Amo, não consigo mais viver com a minha doença. Não é culpa de ninguém. Amo todos vocês e nos vemos em outra vida.

Há mais, instruções sobre o que fazer com seu corpo, seu dinheiro e suas posses, algumas mensagens para a namorada, a família e também para Jean. Mas tudo é redigido do mesmo jeito frenético, vazando por toda a página, ao que parece sob grande pressão. Ele acha que ela anotou tudo depois de ter engolido os comprimidos, talvez enquanto ele estava ali fora lendo, quando as persianas começaram a se fechar em sua mente.

Ele fecha o caderno e o deixa de lado, não tem tempo para ir atrás disso agora. Antes que possa ir ao hospital tem que fazer uma ligação, uma ligação que ele receia, para a namorada de Anna na Cidade do Cabo. O que ele tem a contar é tudo o que ela mais teme, tudo aquilo contra o que ela vem lutando nos últimos oito anos. Vai à cabine telefônica e disca. Não consegue contato, não consegue contato, até que a secretária eletrônica atende. Mas o que ele pode dizer, não existem palavras, menos ainda palavras a serem registradas em uma fita. A mensagem que deixa é simples e básica, só os fatos e o número do hotel. Depois se faz um silêncio antes que ele termine com uma voz diferente, não sei como dizer, as perspectivas não são boas.

O dono do hotel se ofereceu para me levar de carro a Pangim. Eu fico sentado em silêncio ao lado desse homem careca e irritado de meia-idade, que vestiu um terno azul para a ocasião, enquanto em seu jipe rumamos para o norte durante uma hora. O hospital é um complexo de prédios descascados de concreto, parecendo mais um conjunto habitacional que uma instituição, bem às margens da cidade. Arbustos marrons e espessos, que o fazem lembrar a África, se espalham por todo o muro que cerca a propriedade.

Anna está na recepção, ainda não foi admitida. Caroline está sentada em um banco do lado de fora, parecendo abatida e triste. O ar confiante de autoridade que ela ostentava antes desapareceu. Vai demorar algum tempo antes que eu descubra que a viagem de ambulância com o corpo inerte de Anna atiçou algumas coisas em Caroline, coisas que nada têm a ver com o lugar onde estamos agora.

Sinto muito, diz ela em voz baixa, mas acho que sua amiga está morrendo.

Está querendo que eu me prepare, mas como alguém se prepara para algo assim. Quando entro na enfermaria para onde a mandaram, tenho que passar diante de uma longa sequência de pacientes em crise, na horizontal, até encontrá-la. Sua pele tem um tom azul bastante alarmante, e ela está sugando o ar de uma bomba de oxigênio com um esforço rouco e ruidoso. Um médico arrogante empertiga-se por ali, dispensando opiniões como se fossem favores, e quando pergunto quais são as chances de ela ficar bem ele joga a mão ao ar com leveza. Ela tem que ir para a UTI, diz, aí veremos.

Bastou ela ser admitida na UTI do piso superior para que de repente toda comoção acabasse, convertida na dolorosa imobilidade da espera. Anna está atrás de uma porta fechada, sem poder ser vista, e nós temos que ficar do lado de fora, em uma sala suja cheia de cadeiras de plástico. A atenção está toda voltada para aquela porta, que quase nunca se abre. Quando se abre, em geral é para que saia alguma enfermeira ou algum médico, que chamará o nome do paciente em voz alta. Quando o nome de Anna é chamado, coisa que acontece com frequência nesse primeiro dia, eu tenho que correr com a receita na mão até uma ala separada do hospital, para vivenciar a cena já conhecida do clamor e da batalha na farmácia, e voltar com as drogas e os equipamentos requisitados, em missões que acabam por me aliviar da espera.

Logo percebo que, sem a ajuda de ninguém, eu nunca vou poder sair dessa sala. A cada hora do dia alguém tem que estar à mão. Minha consternação com essa perspectiva se abranda quando começo a conversar com as pessoas em volta, e as histórias daquela sala me ajudam a colocar em perspectiva meu problema. Uma família vem se revezando, em turnos de seis horas cada um, há meses. Uma mulher, sem ninguém para ajudá-la, tem literalmente morado ali, com uma sacola de roupas e uma escova de dentes, há cinco semanas e sem perspectiva de sair.

Caroline voltou para o povoado com o dono do hotel, e a noite se estende diante de mim como um espaço vazio e negro. Mas não muito depois aparece alguém que eu conheci superficialmente nas minhas incursões anteriores na Índia, um turista holandês chamado Sjef. Ele veio para tomar meu lugar à noite, explica, para que eu possa voltar para casa e dormir. Sua bondade me faz chorar, mas eu não consigo ir embora. Minha expectativa, embora eu não o diga em voz alta, é que minha amiga venha a morrer nessa noite, e eu quero estar ali quando isso acontecer.

Assim, Sjef e eu passamos juntos essa primeira vigília. Às oito, para minha surpresa, a sala se agita, todos se espremendo em frente à porta da UTI. O que está acontecendo, pergunto, e alguém me explica que duas vezes por dia, de noite e de manhã, amigos e familiares podem entrar por cinco minutos. Assim, nós entramos naquele lugar sagrado, com suas duas fileiras de camas e sua atmosfera de suspensão espectral. Anna está usando o coração-pulmão artificial, atrelada a todo tipo de tubos e fios. Seu rosto recuperou a cor normal, mas no meio de toda aquela tecnologia a zunir ela própria parece sem vida, uma forma embrulhando o vazio, a versão do cadáver que ela tanto almeja ser.

Toco-lhe a mão e sussurro algumas palavras. Você tem que lutar, digo, tem que voltar para nós. Não há qualquer reação, e logo a enfermeira surge apressada, nos expulsando.

Essa primeira noite é longa demais e quase não dormida. Para além das missões à farmácia, as horas passam tediosas sob as luzes fluorescentes. O banheiro que todo mundo tem que compartilhar é imundo, com duas lixeiras cheias de dejetos hospitalares de onde ratos saem correndo em todas as direções a cada vez que a porta se abre. Quando ele enfim se deita no chão para dormir, tampa os ouvidos com bolinhas de jornal para impedir que entrem as baratas onipresentes.

Mas a manhã se faz enfim, e a porta volta a se abrir. Anna está deitada exatamente como na noite anterior, uma princesa congelada pelo feitiço de uma bruxa. Ela não precisa suportar o chão sujo, o tempo a passar, os ratos e os insetos, esses elementos só pertencem ao resto de nós, e aos dias que se seguem. Mas sou resgatado por Caroline, por Sjef e sua mulher, a inglesa Paula, que entre eles se revezam para me ajudar no plantão. Percorremos ida e volta o trajeto entre o povoado e o hospital, uma hora cada perna, em turnos que se sucedem.

Ocupo a maior parte do tempo que passo no vilarejo em e-mails e telefonemas, mensagens tanto pessoais quanto oficiais cruzando o oceano. A conversa mais constante é com a namorada de Anna, na Cidade do Cabo. A devastação é enorme. Posso sentir seu desamparo do outro lado do mundo, uma testemunha que nem sequer está presente. É claro que ela quer vir imediatamente, mas as questões práticas são complicadas, tem que conseguir o visto, algo que vai levar alguns dias, e além disso os voos ainda estão lotados. Eu tento dissuadi-la também por outra razão. Seria terrível que ela fosse até ali apenas para descobrir que Anna não a quer, que Anna quer outra pessoa em seu lugar. A memória daquelas últimas semanas ainda pesa muito sobre mim, toda a conversa sobre Jean, o cavaleiro da armadura reluzente, que não expressou nenhum interesse em correr para estar ao lado dela, ainda que lhe tenham contado o que aconteceu. Ele é ainda um segredo, mas em algum momento terei que revelar. Tem uma coisa, eu digo, tem uma coisa que eu preciso lhe contar.

Sim.

Anna teve um caso aqui.

Faz-se um silêncio. Eu sabia, diz ela por fim, eu sabia.

Me desculpe.

Com um homem.

Sim. Ela estava determinada a fazer isso, eu digo, e qualquer homem serviria. Me perdoe por ainda não ter contado. Mas achei que você precisava saber antes de vir para cá. Ela vem dizendo que a relação com você acabou, que quer ficar com esse cara.

Agora eu revelo todos os detalhes, tudo que vem sendo acobertado. Parece que chegamos a um fulcro confessional, onde já não há segredo, onde já não há ocultações. Estamos nos virando do avesso, como se a verdade pudesse nos absolver, mas ela só traz mais dor. Pode ser nessa conversa, ou talvez em outra pouco posterior, que eu caminho com o telefone até o meio de um terreno aberto perto do hotel e me desespero. Me desculpe, imploro, me desculpe por ter dito que eu era capaz de cuidar dela, eu não fazia ideia de como seria difícil.

Volta ao diário de Anna e passa horas lendo, desde a primeira página. Não sente nenhum remorso de estar invadindo seus pensamentos e sentimentos privados, se ela nos trouxe até este momento de verdade, bom, que o momento também a inclua. O que encontra ali é triste e chocante. É como ele percebeu no fim, seu ato não foi um impulso do momento, pelo contrário, foi um objetivo que ela almejou desde o início, e em direção ao qual progrediu gradualmente. Enquanto isso a namorada descobriu, escondida em algum lugar da casa, uma carta que Anna deixou para trás antes da partida. É quase, embora não chegue a ser, a despedida de uma suicida, prova ainda maior de que seus planos foram premeditados. Então ela nunca esteve do lado deles, do lado de todos os que a amavam e tentavam fazer com que ficasse bem. Em vez disso ela estava em conluio com a estranha sombria que há dentro dela, a que quer vê-la morta. É difícil não se sentir profundamente traído. Mesmo enquanto planejavam a viagem, com toda aquela conversa de como seria bom para ela, ela já sonhava com esse outro cenário, em que precisaria dele como o espectador impotente, o responsável por seus restos. Se Anna se recuperar, o que começa a parecer possível, ele não sabe se vai conseguir algum dia voltar a falar com ela.

Nesse meio-tempo varre de baixo da cama as embalagens dos remédios. É doloroso relembrar a cena toda vez que está no quarto, mas há também outra razão para essa limpeza. Tentativa de suicídio é um crime na Índia, e poderia haver sérios problemas pela frente. Quando ela foi admitida no hospital de Margão, um policial que tinha seu posto na sala de emergência veio falar com ele para saber alguns detalhes. E, no hospital de Pangim, um dia um médico aborda Sjef e recomenda que o chame, caso se crie algum problema com as autoridades.

Preparando-se para uma possível encrenca, ele fala com a embaixada da África do Sul em Bombaim, passando todos os detalhes do que aconteceu e enfatizando, com antecedência, que as drogas que ela tomou eram legais. Mas agora, como pelo diário dela já sabe que ela usou outras drogas com Jean, ele antecipa qualquer busca inesperada e vasculha toda a mochila de Anna, para ter certeza de que não há nada que a incrimine.

Ao meu redor, no povoado onde passei alguns meses da minha vida e onde cheguei a conhecer bastante bem alguns nativos, paira um ar geral de suspeita. Uma boa quantidade de pessoas, entre elas alguns quase estranhos, se sentiu livre para me interrogar agressivamente sobre o que aconteceu.

Alguns fingem compaixão, mas sempre conduzem a um mesmo ponto. Sua namorada, perguntam, por que ela fez isso. Vocês estavam brigando. A inferência é clara, e corrobora perfeitamente minha culpa subjacente. Ela não é minha namorada, eu começo a explicar, mas sempre caio no silêncio. Meus protestos só confirmam aquilo em que eles acreditam.

Por isso me refugio em um círculo restrito. Caroline, Sjef e Paula são meus novos e únicos amigos. Passo muito tempo na companhia deles, conversando incansavelmente sobre o ocorrido e sobre o que ainda pode estar por vir. Até conseguimos rir às vezes. Eu realmente quero que ela se recupere, digo num dia qualquer, para que eu mesmo possa matá-la.

É por essa época que descubro que algo mais está acontecendo, algo relacionado a Caroline. Eu mal a conheço, mas fomos reunidos em uma intimidade artificial, e nas nossas conversas esporádicas aprendi um pouco sobre ela. Já mencionou que foi casada, e que o marido morreu em um acidente há muito tempo, no Marrocos. Entendo, pelas entrelinhas, que esse é o acontecimento central de sua vida, algo que a marcou profundamente, apesar do tempo que se passou, e o que aconteceu agora com Anna parece ter reavivado nela essa memória. Fala sobre o acidente de vez em quando, sempre por alto e em termos alusivos, mas seu rosto se deixa tomar por uma sombra nesses momentos, os olhos se enchem de lágrimas. Aquela viagem na ambulância com Anna, diz ela um dia, foi terrível, me fez lembrar de, não, deixe para lá. Em outra ocasião ela diz, tenho tido os sonhos mais terríveis, sempre sobre o que aconteceu no Marrocos. Não continua, mas do lado inaudito de suas palavras eu sinto um precipício que se abre à escuridão, e não quero contemplar o abismo.

No terceiro dia já aparecem sinais de vida. Anna faz algum movimento, suas pestanas tremem, e no quarto dia está acordada. Quando passo para a visita matinal, ela me lança um olhar turvo e sua boca, esticada em volta de um tubo grosso de plástico, consegue um sorriso. Quando a visito de novo à noite, o tubo já sumiu e ela está deitada ali, inteira e restaurada.

Depois de tudo o que passamos, isso parece irreal. Acaricio a mão dela e falo com gentileza, que na verdade é quase genuína nesse momento, perguntando como se sente de estar viva. Está muito fraca, e eu tenho que me esticar para alcançar sua resposta sussurrada. Merda, diz ela.

Depois desse período de suspensão e estase, os acontecimentos voltam a se precipitar. Já bem cedo no dia seguinte eles a transferem da UTI para a ala cardiológica, que fica logo em frente. Precisam da cama, uma das enfermeiras explica, e ela estará sob cuidado intermediário. A princípio esse novo arranjo parece equilibrado. Como ela não tem poder físico, mostra-se basicamente dócil e submissa, embora ainda requeira cuidado e atenção constantes, obrigando a que um de nós esteja disponível para providenciá-lo. Por um ou dois dias ela tem uma diarreia terrível e em curtos intervalos precisa ser amparada para sair da cama e se agachar em cima de um penico. Ele se lembra das sensações conflitantes de piedade e desgosto enquanto a segurava ali, suas mãos e seus pés sendo respingados pela carga aquosa. Ela sorri com doçura para ele e murmura, isso é uma verdadeira prova de amizade. Você não imagina quanto, responde ele.

É função dele, em seguida, levar o penico transbordante ao banheiro infestado de ratos, esvaziá-lo e lavá-lo. É um trabalho que repete várias vezes ao dia, uma tarefa deprimente, maior do que qualquer outra coisa que lhe tenham pedido antes, mas ele a exerce sem reclamar, talvez apenas porque não tenha opção. Ao seu redor as pessoas se engajam em funções similares, e há uma solidariedade resignada em seus esforços.

Em algum momento do dia ela lança um olhar por cima da cama e cochicha em confidência, olhe aquela ali, com certeza está aqui por um transtorno alimentar.

Eu olho de esguelha, perplexo. Mas ela não é uma paciente, Anna, é uma visita.

Anna ergue a cabeça e olha de novo. Bom, ela devia ser uma paciente, insiste. É imensa.

Não, não é, eu respondo, mas antes que eu possa ressaltar que a mulher em questão é na verdade bastante magra, acabo caindo no riso. É uma conversa maluca, mas pela primeira vez em vários dias a loucura é quase charmosa. Por baixo das palavras posso vislumbrar a amiga de que me lembro, mais excêntrica e engraçada do que demente.

Sjef passa essa noite com ela e eu volto para o meu quarto no hotel. O alívio por ter saído daquele túnel me permite dormir direito, e é em um estado de semirrenovação que eu volto ao hospital na manhã seguinte. Mesmo antes de poder cruzar a soleira da ala, no entanto, percebo que alguma coisa está errada. Sjef está esperando, e com certa raiva me puxa de lado.

Foi uma noite difícil, diz ele.

Difícil. Olho em direção de Anna, que está sentada na cama de braços cruzados, nos observando. Não se preocupe, vou lidar com ela, respondo.

Mas nada o preparou para a transformação que se deu. O anjo doce e afável do dia anterior desapareceu, tendo sido substituído por algo totalmente diferente. A estranha sombria engrandeceu como nunca. O primeiro sinal aparece quando ele tenta conversar com ela sobre a maneira como tratou Sjef. Você não entende, diz ela. Você só ouviu metade da história. Aquele filho da puta. O jeito como ele fala comigo.

Ele passou a noite toda cuidando de você.

E quem foi que pediu. Não preciso que cuidem de mim.

Precisa sim, e de qualquer jeito alguém tem que estar aqui. É uma regra do hospital.

Por que você não cuidou. Onde você estava.

Eu estava no hotel, tentando dormir. Por favor, Anna, foi a primeira chance que eu tive. Sjef estava me ajudando, para que eu pudesse descansar.

Descansar do quê. Você está fazendo um puta drama por nada. Tudo o que eu quero é um cigarro, e aquele desgraçado não foi comprar para mim.

Isto aqui é uma unidade cardiológica, é proibido fumar aqui.

Que se foda, eu faço o que eu quiser. Vá buscar o cigarro para mim.

Ele a observa, chocado. Mas, antes que a conversa possa ir mais longe, ela tem outro ataque de diarreia. Me ajude, ordena, tenho que cagar. Ela se acocora, ouve-se o jorro. Isso é tão horrível, resmunga. Horrível horrível horrível. Para mim também não é muito divertido, replico.

Quando estou esvaziando o penico no banheiro, sinto um espasmo de inquietude pelo que ela pode estar fazendo. O pânico faz com que eu suje minhas mãos, e me limpando demoro ainda mais. Minha premonição instintiva mostra-se correta, e quando volto à ala vejo que Anna saiu da cama e está indo a algum lugar. Como suas pernas ainda estão bambas, ela não chegou muito longe.

Aonde você está indo.

Comprar cigarro.

Eu já disse, não é permitido, e de qualquer jeito você não tem dinheiro.

Me leve de volta para o hotel. Estou bem agora, exijo ir embora neste minuto. É inconstitucional me manter aqui contra minha vontade.

A constituição não vai te ajudar, aqui é a Índia. E quanto mais encrenca você arranjar mais tempo vai ficar aqui. Agora volte para a cama.

Inesperadamente ela obedece, mas quando já voltou diz com arrogância, eu não estava indo comprar cigarro, eu ia me jogar pela janela.

Há barras na janela e eles só estão no primeiro andar, mas ainda assim ele se deixa tomar por um desespero furioso. Tenta controlar sua própria voz ao dizer, estamos fazendo tudo o que podemos para manter você viva.

Quem foi que pediu. Me deixe morrer. Vá embora. Eu lhe dou permissão para ir embora.

Não estou fazendo isto por você. Estou fazendo pelas outras pessoas que a amam. E por mim, para que eu possa me encarar no espelho.

Ah. Ela fixa nele um certo olhar, com um desdém calculado. É tudo culpa sua, sabia. Você se responsabilizou por mim quando quis me trazer, e veja o que aconteceu.

Ela não está tão mal a ponto de deixar de enxergar e de me atacar no ponto mais vulnerável, a verdade que vai me machucar para sempre. Minha voz está embargada quando respondo. E você, você não é responsável, suponho. O fato é que você não se preocupou com mais ninguém, só fez o que quis.

Não consegui, você me impediu.

E vou continuar impedindo. Você vai voltar viva para a África do Sul, aí já não vai ser preocupação minha.

Você não se preocupa comigo nem agora, só quer saber do que os outros vão dizer.

Neste instante isso é verdade. Neste instante eu odeio você.

E daí, eu também odeio você.

Essas palavras feias vieram de algum lugar profundo em mim, parte de uma essência destrutiva em que Anna acabou por nos equiparar. É preciso um esforço para entender, mesmo deste modo teórico, quanto ela está doente. Levarei anos para reconhecer que está psicótica, com sua mania elevada ao extremo, sem uma medicação que a amenize e com uma febre raivosa provocada pela pneumonia, e mesmo assim será difícil perdoá-la. Porque desde muito tempo antes, mesmo em seus momentos mais sãos, ela queria isso e trabalhou duro para chegar ali, naquele êxtase tóxico e terminal. Os outros somos apenas figurantes em um drama centrado tão somente nela.

Lembro-me de cada palavra de acusação, inclusive das minhas, como uma faca nas vísceras, como algo que envergonhou a ambos. E, no entanto, ela permanece inalterada. Ainda nesse dia, por exemplo, Sjef, Paula e Caroline chegam juntos para me ajudar. Em uma tentativa de diminuir a temperatura dela, compramos gelo na cantina do térreo e eu vou pressionando-o por todo o seu corpo. Ela choraminga e reclama mas também sorri, olhe para mim, diz, tenho uma equipe inteira trabalhando por mim, e nesse momento volta a ser angelical, minha amiga recatada e coquete, e a discussão péssima daquela manhã desapareceu. Ela não se lembra de nada, nada do que é dito ou feito, mesmo por ela. Paira acima da dor, da raiva e da culpa que criou, olhando de cima nossos esforços e tentativas. Existe um elemento muito real de desprezo no modo como nos trata, algo como um riso zombeteiro dirigido às nossas preocupações. Ela está muito à nossa frente, porque já não tem medo da morte, o que é tanto sua fraqueza quanto sua maior força.

E só piora. A cada dia ela tem mais poder e malícia, mostra-se mais cheia de recursos em sua autodestruição, e suas exigências se tornam mais insistentes. Quero a pochete com meu dinheiro, anuncia certa manhã, e quando digo que estou cuidando disso ela me acusa de roubá-la. Outra vez quer os sapatos. Olhe para mim, ela grita miseravelmente, tenho que ficar sentada aqui sem nada nos pés, você é tão cruel comigo. Esses apelos não o comovem nem um pouco, com dinheiro e sapatos ela será capaz de escapar, ele sabe o que ela quer. Mas, quando ele recusa, ela começa a repetir o pedido como uma criança histérica, meu dinheiro, me dê meu dinheiro, me dê meus sapatos agora. Ele só sacode a cabeça de um lado para o outro. Não. Há um prazer perverso em empunhar aquela palavra, de ser capaz de apartá-la da morte.

Mas ele também tem consciência de que o tempo é curto e que ela ainda pode ganhar o jogo. Em poucos dias Sjef e Paula irão para casa, e só restarão Caroline e ele. Duvida que só os dois sejam capazes de cobri-la, o que significaria turnos de doze horas, e não se pode confiar nela e deixá-la sozinha nem por um instante. A cada vez que alguém lhe dá as costas ela levanta da cama e sai andando em direção à porta. Ele já conversou com as enfermeiras e implorou que ficassem atentas, mas estão ocupadas e distraídas, e também pouco interessadas, por que se importariam com essa estrangeira grosseira e seus exaustos vigilantes.

O mais alarmante de tudo é que, à medida que sua condição física melhora, ela é transferida para alas mais gerais do hospital. Menos enfermeiras atendem aqui, e as salas estão mais lotadas. Depois de três ou quatro dias é levada a um quarto onde duas ou três pessoas compartilham a mesma cama e alguns pacientes estão deitados no chão. Começa a chorar e esbravejar, isso é inaceitável, eu me recuso a ficar aqui, exijo que você me leve para outro lugar.

Ele gostaria de aceder, mas não é tão simples. Espera-se que ela passe por vários níveis de assistência médica até que possa ser oficialmente liberada, esse processo não está nas mãos dele, e sempre que ele pergunta sobre isso a resposta é vaga. Uns poucos dias, dizem. Temos que ver. Um médico lhe disse que ela terá que passar por uma avaliação psicológica, uma perspectiva que o assombra, se lhe conferirem um atestado de insanidade pode demorar muito tempo até que alguém consiga tirá-la dali. Ela não pode voltar para o povoado. Os voos estão todos lotados, ele já verificou, não dá para mandá-la para casa mais cedo. A maior esperança é mantê-la ali até a data de sua partida original, dali a cinco dias. Como ela vai conseguir viajar nessas condições ainda está para ser visto.

Mas são exíguas as chances de aguentar até a data desse voo. Este é o último dia de Sjef e Paula, de manhã eles terão ido embora. Caroline e ele a essa altura estão aos cacos, e Anna nunca esteve tão louca e poderosa. É o ponto mais baixo a que chegaram desde que ela despertou, e é nesse momento de desespero que surge pelos corredores um novo personagem, um sujeito manhoso e oblíquo de uniforme que vem abrindo caminho entre os corpos espalhados pelo chão. Atordoados, nós o encaramos.

Ele se mostra muito educado. É da polícia criminal, apresenta-se, e gostaria de ajudar. Como devemos saber, este é um caso de investigação criminal, e quando Anna for liberada ela provavelmente será detida. É uma situação difícil, mas se conversarmos com ele, e nesse ponto ele nos dá um pedaço de papel com seu nome e número, ele tem certeza de que podemos chegar a um acordo.

De todos nós, Anna é a única que fica feliz em vê-lo. Ah, graças a Deus, ela grita, alguém que entende. Tudo o que quero é sair daqui.

O débil homenzinho assente, compreensivo. Eu vou ajudar você, promete.

Obrigada, obrigada.

Eu também lhe agradeço, mais discretamente, e lhe estendo a mão. Mas, quando ele se esgueira para fora dali como uma insidiosa gota de óleo, nós nos olhamos em desespero. Puta que pariu. O que vamos fazer.

É Paula quem fala. Vocês se lembram daquele médico que conversou com Sjef, diz ela, talvez vocês possam entrar em contato com ele. Sjef não está ali, está no hotel arrumando as malas, mas eu corro a um telefone público a fim de ligar para ele. Por sorte ele guardou o nome e o telefone do médico em questão e consigo ligar para ele logo depois. O médico ouve a história e suspira. É uma má notícia, comenta, cauteloso, era o que me preocupava. O que vocês precisam fazer é o seguinte, mas nunca usem meu nome ou digam que conversaram comigo.

Pode deixar.

A polícia devia estar acompanhando a trajetória dela no hospital, sabem que vai ser liberada logo. É aí que vão pegar vocês, por isso vocês têm que ir embora antes. Façam isso agora. Vão até o médico de plantão e digam que querem uma Alta a Pedido, uma liberação contrária à indicação médica. Ele vai discutir e dizer que é impossível, mas vocês têm que insistir. Aí vocês a tiram daí antes que o médico chame a polícia e informe. O médico também vai tentar pegar um atalho, então vocês têm que ser rápidos.

Mas aonde a gente pode levá-la. Eu não tenho aonde ir.

Há um hospital particular em Pangim, dirigido por um amigo meu. Vocês podem procurá-lo. O nome dele é Dr. Ajoy.

Ele me passa o endereço do hospital e eu pego um táxi para lá de imediato. É um lugar pequeno, limpo, silencioso, perto da praia, e o Dr. Ajoy se mostra solícito. Sim, diz ele, podemos acomodá-la aqui. Eles têm drogas para acalmá-la. Eu tenho que levá-la já.

Em um último ímpeto coordenado de ação, nós planejamos a fuga. O taxista que vem nos conduzindo ida e volta do povoado ao hospital encosta o carro na entrada lateral, esperando. Do lado de dentro eu procuro a enfermeira da ala e peço que ela chame o médico de plantão. Ele não se encontra, diz ela.

Onde ele está. Devia estar aqui, não é.

Está em uma reunião.

Bom, nós estamos levando embora minha amiga, por isso eu preciso falar com o médico.

Vocês não podem levá-la. Ela tem que ser liberada.

Eu vou levá-la. Já temos o voo para a África do Sul e precisamos partir para Bombaim agora mesmo.

Não, isso é impossível. Vocês ouviram o que o policial disse, há uma investigação em curso. Vocês não podem levá-la.

Eu quero uma Alta a Pedido, exijo em uma falsa demonstração de confiança, e tenho que recebê-la agora.

Você vai ter que esperar o médico.

Não vou esperar. Para mostrar que estou falando sério, peço aos outros que tirem Anna da cama. Me dê o formulário que é preciso assinar, que eu vou levá-la de qualquer jeito.

Furiosa e de olhos vidrados, a enfermeira traz o formulário. Eu mostro a Anna onde assinar, e saímos conduzindo-a pelos corredores abarrotados até a entrada lateral onde o táxi espera. A cada segundo eu aguardo que o braço corruptível da polícia se feche à nossa volta, e quando passamos pelos portões do hospital a sensação de liberdade é enorme. Quando fizerem o filme, brinco, quero que Tom Cruise fique com o meu papel.

Para mim pode ser Faye Dunaway, completa Caroline.

Até Anna entra no jogo. Julia Roberts, diz ela, e todos rimos. Mas a leveza não dura muito. Em poucos minutos Anna se dá conta de que não estamos voltando para o hotel, e começa a lamentar e reclamar. Quero voltar para a praia, grita, quero terminar as minhas férias. Vocês não têm direito de fazer isso. Quando lhe explico que a polícia iria procurá-la lá, ela cai em silêncio, mas logo recomeça. Só me dê meu dinheiro, me dê. Não, você não pode ficar com ele. Me dê o dinheiro e me deixe à beira da estrada. Por sorte ela está espremida no banco de trás entre Caroline e Paula, ou poderia tentar escapar. Vê o que eles estão fazendo, grita para o taxista, estão me sequestrando, são criminosos, são ladrões.

Esse taxista, que se chama Rex, já viu ao longo da última semana umas quantas coisas que o chocaram. Entrou no hospital algumas vezes e testemunhou Anna em ação, mas ela está definindo novos parâmetros hoje. Quando chegamos à clínica, peço a Rex que entre conosco, para o caso de precisarmos de uma ajuda extra. Quando ela vê o quarto onde vai dormir e ouve que a enfermeira estará na cama ao lado para vigiá-la, fica furiosa. Exijo ir embora agora mesmo, berra, e tenta chegar até a porta. Eu impeço a passagem dela e seguro seus punhos, e por meio minuto lutamos em silêncio em uma cena pantomímica para proveito de um Rex boquiaberto. Nesse momento, tenho um medo físico dela. Tem um poder que vai muito além de sua força muscular, há um brilho lunático em seus olhos. Mas ela finalmente desiste e se deixa cair, e quando eu a solto surta aos berros, socando as paredes e chutando a porta, antes de desabar na cama como uma pilha de ossos.

Durante todo o trajeto de volta ao povoado, Rex revive aquele momento. Pow, diz ele para si mesmo, crash. Intrigado, reencena em sua mente os chutes e socos. Não seria demais dizer que nunca testemunhou algo assim antes. Um ano ou dois mais tarde, do nada, ele vai me mandar um e-mail. Entre outras coisas, escreveu, como vai o trabalho. Espero que você venda muitos livros. Estou bem, e os negócios também. Sempre me lembro das suas palavras, suas palavras são de uma grande sabedoria para mim. No futuro, se você publicar um livro, devia escrever sobre aquela garota, a que queria morrer.

Ela está muito sedada agora, e muito mais calma do que no hospital público. Mas isso não interrompe a torrente infindável de insultos, de acusações de fracasso e negligência, assim como suas exigências. Na clínica há um telefone em que os pacientes podem fazer ligações a cobrar, e ela liga obsessivamente para o hotel, várias vezes por dia, com um inventário de requisições para sua próxima visita. Quer seus sapatos, seu dinheiro, sua mochila. Ele não está disposto a lhe entregar nada disso, por medo do que ela possa fazer, mas o que pode ele leva. Nunca há um agradecimento, só uma litania de acusações contra ele, que ele ouve com cansaço. Você está roubando as minhas coisas, vou mandar prenderem você. Você é tão cruel e egoísta. Eu odeio você, nunca mais vou falar com você.

Pela primeira vez, há ajudantes pagos que podem cuidar dela, e isso significa que ele não é obrigado a estar lá o dia inteiro. Fica contente de poder manter alguma distância entre eles. Por isso passa uma hora ali toda tarde, depois volta para o hotel, mas não tem muita chance de descansar. Em vez disso precisa se dedicar aos preparativos frenéticos para a volta de Anna. Depois de consultar a namorada e a família dela, ficou decidido que ela seria acompanhada pelo Dr. Ajoy e pelo outro médico amigável do hospital, que ajudou a orquestrar a escapada. Conseguir passagens e vistos para eles em tão pouco tempo é algo tremendamente complicado, envolvendo enviar seguidos faxes para a embaixada sul-africana e a companhia aérea, com todo tipo de documentação de apoio, sendo que alguns documentos têm que vir da África do Sul. Mas tudo se resolve enfim, e chega a noite em que ele pode levar a mochila dela ao hospital, com o passaporte e a passagem, e se despedir.

Depois de tudo o que aconteceu, esse momento acaba sendo um tanto vazio e insignificante. A atenção dela não está voltada para ele, mas para a mochila, que de imediato ela se põe a desarrumar, verificar tudo e rearrumar. Pode ver, diz ele com melancolia, tudo está aí, nada foi roubado.

As diferentes sacolas de roupas com suas pequenas etiquetas são uma lembrança triste de onde a viagem começou.

Ela sai para se despedir. Está usando os sapatos que tanto pediu e parece quase serena. A maré alta de loucura recuou, deixando para trás essa casca translúcida de uma mulher que se parece um pouco com a velha amiga dele. Mas não muito. Há uma frieza entre eles, cobrindo um abismo tão amplo que talvez nunca possa haver uma ponte que o atravesse. Ainda assim, ele consegue abraçá-la. Tchau, diz. Cuide-se.

Você também. Aproveite o resto da viagem.

Ou palavras parecidas. Qualquer coisa que digam é em expressões triviais assim, expressões sem conteúdo, ou talvez com conteúdo demais. E logo ele está se afastando dela, com Rex ao volante, olhando para trás uma última vez, aquela figura solitária e perdida no entardecer.

Só agora toda a força do que aconteceu começa a atingi-lo. Até esse ponto ele esteve constantemente ativo, do lado que assimila a calamidade, sem chance de refletir. É como se um furacão tivesse passado por sua vida, aplainando toda e qualquer estrutura, e na calmaria posterior o silêncio e o vazio são imensos.

Não tem nada para fazer, mas seu corpo sente dificuldade em aceitar isso. Está constantemente alerta, constantemente preparado para a crise. Seu sono é leve e ruim, e ele acorda muito antes do amanhecer. Os dias são vazios, e ele não sabe como preenchê-los. Gradualmente vai saindo de sua própria mente e começa a ver o que há ao redor. Repara de novo em seu próprio rosto, quanto peso ele perdeu, o seu olhar fixo.

A maior parte do tempo passa sentado, conversando com Caroline, ou sai para cambalear pela praia. Seu corpo desacelera e acaba por aceitar o despropósito, mas por dentro, bem no fundo, é como um motor em que falta uma peça, sempre girando, rugindo na mesma marcha acelerada.

Vêm notícias da África do Sul. Anna chegou a salvo em casa. Logo a internam na clínica. Boa parte dos amigos não pode ou não quer vê-la, estão horrorizados demais com o que ela fez. De início ela tentava reduzir seu episódio na Índia a um pequeno abalo em umas férias que estavam sendo maravilhosas, mas acaba reconhecendo toda a magnitude do desastre. Mantém contato constante com Jean, mas não fica claro para onde essa relação está indo.

A maior parte dessa informação lhe chega pela namorada de Anna, com quem travo conversas longas e lacrimosas quase todo dia. Ela continua vendo Anna com regularidade no hospital, mesmo que tenham concordado em se separar e ver o que o futuro traz. Ela precisa de consolo, que eu não sou muito capaz de oferecer, e ela própria oferece seu consolo. Às vezes pede conselhos. Nesse aspecto eu não me contenho, desapegue-se dela, digo, ela vai acabar se matando. Eu sei que é verdade, ela é como uma bomba que pode explodir a qualquer momento e quero que o espaço ao seu redor esteja limpo.

Tudo isso, a confusão e o frenesi em torno de Anna, é algo que agora está do outro lado do mundo. Ele já não é responsável, não tem que dar conta. Mas é claro que, de outra forma, ele sempre será responsável pelo que aconteceu, e essa noção se imprime nele como uma marca. Pelo menos ela não morreu. Ele imagina o que se seguiria, e como o resto de sua vida seria diferente.

Entre outras coisas, conversa sobre esse assunto com Caroline nas semanas seguintes. Além dele, ela é a única personagem que restou do drama por que passaram, e os dois se unem como consolação. Fazem companhia um ao outro de uma forma conflituosa e dependente, quase uma família. Ela agora se tornou uma amiga, embora ele não a tenha procurado por opção. Em uma manhã qualquer de suas vidas se encontraram e se deixaram fundir pelo destino. Ela poderia ter dado as costas quando ouviu meus gritos, ou guardado distância como os outros, e talvez a esta altura ela preferisse tê-lo feito. Em vez disso subiu as escadas e entrou no quarto, e desde então ela se instalou em um canto de sua vida.

Mas a aliança deles é inquieta e carregada, ele sente que tem uma dívida e ao mesmo tempo se ressente dessa obrigação, quer deixar aquela experiência toda para trás, quer apagar cada um de seus traços, mas Caroline está ali todos os dias para fazê-lo lembrar. E carregando sua própria dor e sua própria perda, que acabaram se conectando a Anna e por extensão também a ele. Ela também está em mau estado, sem dormir bem, propensa a acessos de choro. Mas também parece sentir, embora não o diga em voz alta, que ele é de algum modo a solução para os seus problemas, e ele se encolhe diante dessa expectativa silenciosa. Falhou com Anna, vai falhar com ela também.

Seu tempo aqui está chegando ao fim. Em um mês ou dois o calor já será desagradável, algumas das lojas locais já começam a fechar as portas. Ele vai partir em breve, para encontrar outro amigo em Bombaim e viajar para o norte, para as montanhas. Caroline tentou convencê-lo a ficar, por que você não encontra seu amigo, sugere, e volta para cá. Não, replico, tenho que seguir. Como reação ela reserva seu próprio voo de volta para um dia antes da partida dele. Essa data está se aproximando, e ele precisa da data, precisa da partida, como clímax e desfecho.

Em uma dessas últimas noites, quando estão jantando juntos, ela começa a relatar, o que aconteceu comigo no Marrocos, o acidente que eu tive lá. Você sabe, onde eu perdi meu marido.

Sei.

Eu ainda não contei a história. Contei uma parte dela, só os fatos básicos. Mas a história inteira, o que realmente aconteceu, eu nunca contei a ninguém.

Sim, diz ele, sentindo o que está a caminho. Uma náusea o assalta, faz com que queira sair correndo, mas ele fica onde está.

Eu queria contar a história só uma vez, diz ela agora. Quero que alguém escute, para que eu consiga deixá-la para trás e seguir. Entende o que eu quero dizer.

Ele concorda com a cabeça, sabe exatamente o que ela quer dizer. Seja qual for a história, ele sabe que vai ser terrível e tem medo de assumi-la. Mas depois de tudo o que Caroline passou por ele, como poderia recusar.

Eles a adiam até poucos dias antes da despedida. A pedido dela, vão dar uma volta na praia. O sol está começando a afundar na água, as nuvens estão cheias de cor. Encontram um lugar distante das outras pessoas, próximo a um riacho e a umas quantas palmeiras, e se sentam em um tronco. Não sei como começar, diz ela, já escrevi uma parte da história e pensei que pudesse ler para você. Mas quando ela saca seu maço de folhas tudo parece errado, muito rígido e formal. Apenas me conte a história, eu digo, apenas me conte o que aconteceu.

Assim que ela começa a falar, já está tiritando, tremendo. Aconteceu há trinta anos, mas é como se ela a estivesse revivendo ali, naquele momento, e para ele também passa a ser assim. A história viaja para dentro dele, sua pele se faz muito fina, não há barreira entre ele e o mundo, ele absorve tudo. E mesmo depois, quando quer se livrar da história, não consegue. Nas semanas seguintes, enquanto tenta deixar Goa e o povoado para trás, as coisas que vivenciou ali serão recorrentes em um nível quase celular, perseguindo-o, e a história de Caroline será parte disso, reunida de alguma forma à de Anna, tudo aquilo Uma Coisa Só. E, no entanto, o que se pode fazer com uma história dessas. Não há lição, nenhuma moral a ser aprendida, exceto o conhecimento de que um raio pode cair de um céu claro uma manhã e levar embora tudo o que você construiu, tudo aquilo com que você contava, deixando apenas o desastre sem nenhum sentido. Pode acontecer com qualquer um, pode acontecer com você.

O resto de sua viagem é como uma fuga sem fim. Ele encontra seu amigo em Bombaim, e juntos viajam para o norte. Orachha, Khajuraho. Já é pleno verão e o calor das planícies é como uma fornalha, por isso sobem as montanhas, em direção a Dharamsala, onde se entregam à languidez por algumas semanas.

Em tudo isso ele tenta se comportar como um viajante normal, maravilhando-se com o que vê ao redor. Mas quase nunca consegue se perder de si, está preso a um lugar do passado. Sente o mundo físico como insubstancial, como um sonho monótono do qual vai despertar na enfermaria imunda de um hospital.

De vez em quando recebe notícias de Anna. O primeiro e-mail o alcança algumas semanas depois de ter saído de Goa. Cheio de erros de grafia e estranhas construções frasais, é um pedido de desculpas pelo que ela fez. Diz que saiu da clínica e está ficando com a família em uma cidade próxima. Não conta mais sobre o estado de sua vida, embora ele continue sabendo alguma coisa por meio da namorada dela. Sabe, por exemplo, que ela não consegue decidir o que quer, se quer continuar envolvida com uma mulher ou manter o vínculo com Jean. Jean está indo para a África do Sul, depois não está indo mais, depois está indo. Nesse meio-tempo, após haver passado seus dias com a família, Anna vai sair da casa que compartilhava com a parceira e se mudar para um apartamento próprio.

Mas antes que isso possa acontecer ela volta a se internar na clínica. Ainda tem impulsos suicidas, ainda está desequilibrada. Pesa cinquenta e cinco quilos e está se impondo um jejum. Voltou a se cortar e a se queimar. Vários amigos ainda não entraram em contato com ela, e alguns que o fizeram travaram eles próprios um pacto secreto com a morte. Ela adquiriu certa aura de outro mundo, a um só tempo atraente e repulsiva, conseguiu passar por um portão fatal e de lá voltar.

Ela torna a escrever depois de algumas semanas. Está de novo fora da clínica e percebeu, diz, que toda vez que sente um impulso suicida precisa procurar ajuda. Parece mais calma agora, mais controlada, ou talvez seja a monotonia da depressão. Jean está com ela, e eles têm passeado um pouco. Nós nos damos muito bem, ela se exalta, estou muito feliz que ele tenha vindo me visitar. Acho que temos futuro como casal. Ela acrescenta que vai voltar a trabalhar em poucas semanas e termina dizendo, cuide-se, meu amigo, e espero que um dia seu coração consiga me perdoar.

Ele não responde, simplesmente porque não consegue. Não deseja puni-la, assim como não dispõe de meios para perdoá-la, o que aconteceu os fez ir além dessas coisas. Não sabe como ela não entende isso por si mesma. Eles estão em um lugar em que a linguagem não tem alcance, e, aconteça o que acontecer, ele duvida que isso vá mudar. O máximo que consegue se aproximar de Anna é falando com a parceira dela, que é como ele ainda a considera, embora tecnicamente já não o seja. Ela ainda ama Anna muito intensamente, mas enquanto Jean está por lá prefere guardar distância. Ele pergunta o que vai acontecer quando Jean for embora. Você vai tentar com ela de novo.

Não sei, responde ela. Não sei o que Anna quer. Acho que ela também não sabe.

Mesmo nessas conversas a linguagem nunca será suficiente. Seu coração foi partido de uma forma particular. Ela vinha cuidando de Anna, tomando conta dela fazia quase oito anos, e não há dúvida de que, sem ela, Anna já teria morrido há muito tempo. Ainda assim, agora havia sido descartada, posta à margem por Anna e por outros que se aliaram a ela. A família de Anna, que nunca havia gostado da ideia de ela estar com uma mulher, aprovou esse futuro alternativo com um homem e o incentiva com prazer. Mas eu vi como eram as coisas com Jean e sei que não há nada ali, nenhum futuro e quase nenhum passado.

Como é parco esse futuro é algo que logo vai se revelar para todo mundo. A mensagem chega poucos dias depois. Ele já sabe há algum tempo, desde a tentativa em Goa, que ela vai se matar algum dia, só o momento e as circunstâncias são incertos, mas ainda assim, ao ler as palavras, elas o atingem como uma força física que o pressiona contra a cadeira. Anna está morta. Um dia depois da partida de Jean, ela tomou uma overdose maciça de analgésicos quando estava sozinha em seu apartamento. A irmã se preocupou quando ela deixou de retornar ligações e pediu que um chaveiro abrisse a porta, para encontrá-la caída na cama.

Há mais, mas as palavras são enturvadas pela névoa que preencheu o quarto, apagando o tempo. Os últimos dois meses nunca aconteceram, ela está dormindo naquela cama em Goa, ele acaba de ver as caixas de remédio no chão e de perceber o que ela fez. Dá um salto, em choque, e sai correndo pela rua. É como se tivesse que ir a algum lugar, tivesse algo urgente a fazer. Quer pedir ajuda, quer agarrar alguém que esteja passando e pedir que ache um médico, quer mantê-la viva. Leva certo tempo para entender que a notícia é irrevogável, que não pode ser desfeita. Nem agora nem nunca, porque a morte não tem retorno.

Mesmo nessas circunstâncias a viagem não acabou, embora em outro sentido ela já tenha acabado há muito tempo. Ele considera a possibilidade de voltar para a África do Sul, mas na verdade não quer fazer isso, e que sentido teria. Por isso continua viajando, ou fugindo, subindo as montanhas mais altas, até o Ladakh. Só volta para casa um mês ou dois depois, quando há uma genuína ameaça de guerra nuclear entre a Índia e o Paquistão, e sua partida apressada e irresoluta parece uma conclusão adequada para a história.

Ele não está na Cidade do Cabo para ver o corpo exposto no caixão aberto, ou a grande missa que lota a Catedral de St. George, todo o espetáculo e a dor pública que ela desejava com tanto ardor e que parecia crer que poderia presenciar. Ele fica sabendo dessas coisas, é claro, e elas evocam nele um temor triste e raivoso, como a notícia de um terremoto do outro lado do mundo. Mas o máximo que se aproxima dela é encarando em silêncio uma sacola de cinzas e ossos, tudo o que restou de sua cremação. Está na casa da namorada dela, na primeira vez que lhe faz uma visita. Ele contempla a sacola e a cutuca com o dedo. Balança a cabeça com assombro. Parece bizarro, a ponto de provocar um riso amargo, que um ser humano possa se reduzir a isso.

Alguns anos mais tarde, quando está viajando pelo Marrocos, passa uma noite em Agadir e pega um táxi na manhã seguinte até umas colinas empoeiradas dos arredores da cidade. Tinha a intenção de comprar flores mas não conseguiu encontrar nenhuma, por isso chega de mãos vazias. O dia é escaldante, ele não dormiu direito na noite anterior, sente uma dor de cabeça forte. Quer que eu espere, o taxista pergunta. Não, volte em meia hora. É tempo suficiente, meia hora. Sim, deve ser suficiente.

Imagina que vai encontrar o lugar com facilidade, prestar sua homenagem e ir embora, mas as coisas não acontecem como ele imagina. O taxista o deixou no lugar errado, de modo que ele tem que descer a pé uma boa parte da montanha. Quando encontra o cemitério europeu, o portão está fechado e ele precisa gritar para que alguém permita que entre. Uma vez dentro, volta a se perder. Os túmulos se espalham caoticamente em todas as direções, sem uma lógica clara, sem planejamento. Ele vai tropeçando por entre as lápides, os nomes se sucedendo, e já se passaram mais de quarenta e cinco minutos quando ele topa por acaso com aquilo que procura. É tudo exatamente como Caroline descreveu, a placa rachada com a inscrição, as datas que demarcam uma existência. Ao seu lado, à esquerda, há um morrinho marrom sem nenhum nome, o túmulo de uma mulher, uma amiga que morreu no mesmo acidente. A família dela não tinha recursos para levar o corpo, nem para homenageá-la devidamente.

Talvez seja só o calor, a dor de cabeça ou o cansaço, mas, súbito, ele se vê inesperadamente chorando. Tenta conter as lágrimas, mas elas não param de vir. Uma grande emoção cresce nele, descolada da cena, afinal de contas ele não conhece nenhuma dessas pessoas, e elas morreram há muito tempo. Mas parece insuportavelmente triste que uma vida venha a descansar aqui, em uma montanha fustigada pelo sol sobre uma cidade estrangeira, com o mar à distância.

A história que Caroline contou na praia já lhe voltou mais uma vez, lembranças e palavras inseparáveis umas das outras. Mas ele leva algum tempo para perceber por quem está chorando de verdade. As vidas vazam umas nas outras, o passado se apropria do presente. E ele sente agora, quem sabe pela primeira vez, tudo o que deu errado, toda a confusão, a angústia, o desastre. Me perdoe, minha amiga, eu tentei segurar, mas você caiu, você caiu.

O momento parece se arrastar por horas, mas deve passar um minuto ou dois até que ele se restabeleça. Sente-se péssimo, mas também, por alguma razão, aliviado, esvaziado. A essa altura o taxista está buzinando com impaciência do lado de fora. O dia está passando e ele tem um ônibus a pegar, uma viagem a completar. É hora de partir. Ele seca os olhos e pega uma pedrinha do chão, uma como milhões de outras que há em volta, guardando-a no bolso enquanto caminha até o portão.

AGRADECIMENTOS

Agradeço a Stephen Watson, Tony Peake, Nigel Maister, Ben Williams e Marion Hänsel. Expresso especial gratidão a Philip Gourevitch e sua bela equipe da Paris Review, onde estes fragmentos apareceram pela primeira vez.

A citação da página 65 é de William Faulkner.

Este livro foi composto na tipologia Minion Pro,
em corpo 12/16, e impresso em papel off-white no
Sistema Cameron da Divisão Gráfica da Distribuidora Record.